聖火

W.S.Maugham
モーム
行方昭夫 訳

講談社

文芸文庫

目次

The Sacred Flame by William Somerset Maugham

聖火

登場人物

モーリス・タブレット
ハーヴェスター医師
タブレット夫人
ウエイランド看護婦
アリス
リコンダ少佐
ステラ・タブレット
コリン・タブレット

第一幕

芝居はロンドン近郊のタプレット夫人の住いであるガトリ邸で進行する。

場面　ガトリ邸の応接間。室内装飾はやや古風な様式で地味。くすんだ色の更紗のカバーが掛かったゆったりした椅子、花を生けた大きな花瓶、英国製の陶器、ヴィクトリア朝の水彩画、銀の額縁入りの写真が飾ってある。年配の婦人が幼時から、応接間はこう飾るのだと教えられてきたように装飾したもので、専門の室内装飾家に依頼したことは一度もない。ここに通された客で「何て綺麗なのでしょう!」と言う者はいないだろうが、鋭敏な客なら、お茶の時間にマフィンを食べるのには最適の部屋だと感じる。客が椅子のクッションの裏に手をそっと忍ばせば、隅に愛らしい丸いラヴェンダーの匂い袋が見つかるに違いない。

六月の盛り、よく晴れた夜で、庭園に通じるフランス窓はすっかり開かれている。窓を通して星の輝く夜空が見える。

幕が上がると、舞台にはモーリス、タブレット夫人、ウエイランド看護婦、ハーヴェスター医師がいる。タブレット夫人は刺繍をしている。ほっそりした小柄な白髪の婦人で穏やかな態度だが、顔には厳しさも窺える。表情には運命に痛手を蒙ったかのように疲れが見えるが、また落着きもある。運命に屈することなく堂々と戦う勇気と性格の強さがありそうだ。黒い略式イブニングドレスを着ている。ウエイランド看護婦は読書している。二十八歳くらいの女で、きれいというより端正な顔立ちに、青い目で、少々むっつりとした印象を与えるかもしれない。この年齢の女性に時々見受けられる物欲しそうな、多少哀れっぽい表情をしている。看護婦の制服ではなく、スタイルの良さを引き立てるきれいな、あっさりしたワンピースを着ている。

ハーヴェスター医師とモーリスはチェスをしている。医師はホームドクターである。どちらかと言うと若く、顔の色艶がよく、屈託のない顔で、色白、身ぎれいで愛想がよい。略式夜会服を着ている。モーリスは病人用のベッドでパジャマにジャケットをはおっている。髪を短く刈り、髭は剃りたてで、こざっぱりしている。美男子で、態度は明るく、元気すぎるくらいだ。しかし痩せていて、頬はこけ青白い。黒い目がばかに大きく見える。だが、微笑を絶やさず、自分を哀れんでいる様子はまったくない。

医師がチェスの形勢をぐずぐず考えているので時間がかかる。

モーリス　（からかい半分に）チェスっていうのはねえ、先生、スピードが肝心なんだよ！

ハーヴェスター　奥様、この人でなしが僕を苛めるんです！　助けてくださいよ。

タブレット夫人　（微笑を浮かべて）先生は何でもご自分でお出来になるから、私などに頼らなくても大丈夫よ。

モーリス　ビショップを動かせば、僕は少々困るだろうな。

ハーヴェスター　（聞こえなかったように、打つ手を考えながら）こっちから頼んでもいないのに、余計な口出しは願い下げだ！

モーリス　ねえ、お母さんが若かった昔には、上品な医師は患者に向かってこんな口のき方をしていた？

タブレット夫人　あなたが一瞬も口を閉じないでいるものだから、ウエイランドさんは読書していられないじゃないの！　私だって、刺繡の針の音が聞こえないくらいですよ。

看護婦　（愛想よく微笑して、さっと顔を上げる）奥様、私のことでしたらどうぞお気遣いなく。

モーリス　僕の快活なお喋りを五年も聞いてきたから、彼女は今では僕の言うことなんか全然聞いていないよ。

タブレット夫人　（そっけなく）無理もないわ。

モーリス　（快活に）苦痛の発作に襲われて、僕が顔をしかめ、こん畜生とか、くそったれとか、いくら悪態をついても、この乙女は頰を赤らめることさえしないんだ。

看護婦　（微笑を浮かべて）さぞ、不快でしょうねえ。

モーリス　もっと悪いや。無神経だよ。だって、看護婦さんが、ぎょっとして蒼白になり、屈辱の涙を包帯に一滴垂らすところでも見せてくれれば、僕の胸も晴れるんだがなあ……あ、医師殿に注目！　コマを動かすぞ。用心、用心！　今度の一手は下手すれば命取りになるよ。

ハーヴェスター　（コマを動かしながら）ナイトを動かすよ。

モーリス　僕がそこのポーンを一寸動かして、王手！　と言ったらどうだい？

ハーヴェスター　そうするのは君の権利だがね、いささか品がないと思うな。

モーリス　僕が君の立場だったら、どうするか分るかい？

ハーヴェスター　いや、分らん。

モーリス　テーブルの脚に自分の足を絡め偶然を装って、テーブルをひっくり返すよ。そんなことでもやらない限り、これまでで最悪の敗北を喫することになるからな。
ハーヴェスター　（コマを動かして）どうにでもなれ！
モーリス　なるほど、その手を使うのか。それならこっちも。
（メードのアリス登場）
アリス　奥様、リコンダ少佐がみえて、お邪魔して一杯頂くのには遅すぎるだろうかとおっしゃっています。
モーリス　無論構わないさ。少佐はどこ？
アリス　玄関にいらっしゃいます。
タブレット夫人　入ってくださるように申し上げて。
アリス　畏まりました。
（退場）
モーリス　先生は少佐を知っているね？

ハーヴェスター　いや、まだ一度も会ったことはない。ゴルフ場沿いの家具つきの家を最近借りた人だね？

タブレット夫人　ええ。何年も前にインドで知り合いました。あの人が今度この土地に来たのも、その縁なのです。

モーリス　その当時、母には大勢崇拝者がいて少佐もその一人だった。母は冷たくあしらったと聞いている。

ハーヴェスター　そりゃ大勢いたでしょうな。で、奥様、その方はいまでも奥様にはかない恋心を抱いているのでしょうか？

タブレット夫人　（冷かしを受け流して）さあ、どうでしょう。本人にお尋ねなさいな。

ハーヴェスター　軍人ですか？

モーリス　いや、警察関係だ。引退したばかりだ。とても気のいい人だ。それにゴルフがうまい。コリンが数回一緒にプレイしたことがある。

タブレット夫人　今晩モーリスのブリッジのお相手にと、リコンダさんを夕食に招いたんですけど、いらっしゃれなかったのよ。

（アリスがリコンダ少佐を案内して登場し、客の名を告げると退場）

アリス　リコンダ少佐です。

（少佐は背の高い中年男で、白髪で顔は日焼けし、締まった体で、敏捷な感じがする。夜会服を着ている）

リコンダ　（握手しながら）今晩は。立ち寄ってくださってありがとうございます。

タブレット夫人　帰宅途中にお宅に明かりが点いているのが見えたので、一杯いただけるかなと思って寄りました。

リコンダ　さあ、ご自由にどうぞ。（首をテーブルに向けて）ウイスキーはテーブルにあります。

タブレット夫人　（テーブルに行き、自分で一杯ついで）どうも。看護婦さん、元気かな？

リコンダ　いつも通りです。

看護婦　で、病人はいかが？

リコンダ　（冗談めかして）辛いことは辛いけど、なーに大丈夫、結構頑張っていまーす。

モーリス　（にっこりして）相変わらず元気いっぱいのようですな。

リコンダ　不幸は不幸でも感謝すべきこともあるってわけです。夫がバスに轢(ひ)かれて亡くなった奥さんと同じ状況ですよ。夫は生命保険に加入した直後、保険会社から一歩出た瞬間に轢かれたっていうわけです。

ハーヴェスター　（笑いながら）冗談ばかり言って！

タブレット夫人　リコンダさん、ハーヴェスター先生をご紹介するわ。

ハーヴェスター　初めまして。

リコンダ　奥様から優秀なお医者さんだと伺っています。

ハーヴェスター　患者にそう思われるように大いに心を砕いていますよ。

モーリス　この人、チェスが得意のつもりが、唯一の重大な欠点でしょうな。

リコンダ　私に構わずゲームを続けてください。

モーリス　もう終わりました。

ハーヴェスター　いや、まだだ。まだ三手ある。（その一つの手を使う）これでどうだね。

モーリス　王手！　下手だなあ。

ハーヴェスター　畜生！

タブレット夫人　モーリス、負かしたの？

モーリス　こてんぱんにやっつけたよ。

看護婦　チェスの道具を片付けましょうか？

モーリス　ああ、面倒でなければね。

（看護婦がチェス盤、コマを片付ける間、会話は進行する）

リコンダ　いつまでも起していては申し訳ないですな。一杯頂いたら、すぐ引き上げます。今夜お宅での夕食にうかがえなかったお詫びを言いにきただけです。

モーリス　急ぐことはないですよ。僕なら、就寝まで何時間もありますよ。

タブレット夫人　実はステラとコリンの帰りを待っているのよ。あの人たち、オペラに行ったのです。

リコンダ　私は宵っ張りでね。眠くなるまで床につきません。

モーリス　僕にはうってつけの人だな。

ハーヴェスター　医者だから、明日また朝から働かなくてはなりません。一杯スコッチを頂き敗北の辛さを癒したら急いで帰らねばならない。

モーリス　少佐殿、他の者はみな寝てもらって、二人だけでお喋りしましょうよ。

リコンダ　喜んで。

タブレット夫人　モーリス、起きているつもりなら、今のうちに看護婦さんに夜の準備を済ませておいてもらったらどう？　そうしておけば、二人が帰宅したら、コリンにベッドを移動させれば、あなたは寝られるわ。

モーリス　分った。看護婦さん、それでいい？

看護婦　お好きなように致します。私としては若奥様がお帰りになるまで、起きていても構いませんわ。モーリス様が若奥様にお休みとおっしゃってから、ベッドにお連れします。

モーリス　いや、休んでくれて結構だよ。君、いささか疲れているみたいだもの。

タブレット夫人　そうよ、あなた最近疲労がたまっているみたい。そろそろまた休暇を取っていただいたほうがいいわね。

看護婦　いいえ、当分休暇はなしで大丈夫です。

モーリス　ひと踏ん張りしてもらうとするか。負傷した英雄を寝室まで押していってくれたまえ。

ハーヴェスター　僕も行って手伝おうか？

モーリス　きっぱり断る。人一人に世話されるだけで嫌なんだから、大勢はご免だ。

ハーヴェスター　失礼した。

モーリス　十分もしたらすぐ戻る。

（ウエイランド看護婦がベッドを押してゆき、ドアを背後に閉める）

リコンダ　あの看護婦はとてもいい人のようですな。
タブレット夫人　ええ、とても有能です。その上、親切だし優しい人だわ。我慢強いのに驚くほどよ。
リコンダ　モーリス君の事故以来ずっといるのでしたね。
タブレット夫人　いいえ、そうじゃないわ。あの人の前に三、四人雇ったわ。でも、皆、多少とも不快な人たちだったのよ。
ハーヴェスター　彼女は看護婦として申し分なしです。いてもらってお宅は幸運ですよ。
タブレット夫人　その通りよ。強いて欠点を挙げれば、控え目すぎるってことね。打ち解けたところがまるでないの。毎年八月に取る一ヵ月の休暇を除けば、もうかれこれ五年間ずっと一緒に暮らしてきたわけよ。でも私は名前がビアトリスだっていうこと以外、あの人については何も知りません。息子たちを、あの人はモーリス様、コリン様と呼び、ステラのことを若奥様と呼んでいます。守りがかたい、とでもいうのかしらね。こちらに親しい気持を起させないのは間違いないわね。
ハーヴェスター　確かに、サンデースクールの親睦会なんかで彼女とふざけ合う場面なんて想像できないな。
タブレット夫人　それからね、ちょっと気が利かないの。モーリスが妻と二人だけになりたがるってことが、あの人には決して思いつかないみたい。可哀想にモーリスは他に楽しみがないでしょ。あの子はステラに一日の終わりにお休みを言いたいのよ、それも誰もいない時にね。今夜もそのために起きているのよ。

リコンダ　気の毒に。

タブレット夫人　モーリスはステラにお休みのキスをしないで就寝するなんて考えただけでも耐えられないのよ。それなのに丁度その瞬間に看護婦さんは何かすることを見つけちゃうの。モーリスは出て行ってくれと言って感情を害したくないし、それに妻に惚れ込んでいると思われるのをとても恐れているものだから、色々細工して看護婦さんに席を外させようとするの。

ハーヴェスター　いやあ、そんなことでしたら、奥様がはっきり言ってやったらいいじゃないですか！　夫が妻にお休みのキスをしても一向に構わないじゃないですか！

タブレット夫人　看護婦さんはとても傷つきやすい人なんですわ。どっちかと言うと気の利かない人に限って、えてしてそうなのよ。足の指を踏みつけられそうなので、踏まれないように足をどけようものなら、怒ってしまい、こちらが悪いことでもしたような気持にさせられることがあるでしょう？

リコンダ　モーリス君は彼女に何から何まで世話になっているんでしょうな？

タブレット夫人　まったくその通りです。下の世話とか何でもしてもらわねばならないでしょ？　あの子はそのことを誰にも知られたくないの。とりわけステラにはね。

ハーヴェスター　そうですね。その点は私も気付いています。モーリス君はステラには病気と一切関わりを持って欲しくないのですな。

リコンダ　（ハーヴェスターに）回復の見込みは全くないのでしょうか？

ハーヴェスター　ないですね。

タブレット夫人　命を取り留めたのが奇跡的だったんですよ。

ハーヴェスター　墜落して地面に叩きつけられたんですからね。背骨の下半分が砕け、飛行機は炎上、彼は大火傷したのです。

リコンダ　不運でしたね。

タブレット夫人　航空兵として戦争中、ずっと飛んでいて、一度も事故など起したことがなかったのに！　新しい飛行機の試乗中にこんなことになるなんて、誰一人予想していませんでした。

リコンダ　結婚した時、飛行機に乗るのを止めなかったのは残念でしたな。

タブレット夫人　今更そんなことを言っても始まりませんわ。

ハーヴェスター　モーリス君は天性の飛行士だった。飛行に独特の才能を持っていたと人から聞きましたよ。

タブレット夫人　あの子が関心を持った唯一のことだったのです。どんなことがあっても飛行機の操縦だけは止めなかったでしょう。何しろとても腕がいいので、事故に遭うなんて考えたこともなかったのです。いつだって安全だと思っていたようです。

リコンダ　全く恐れを知らぬ男だったと聞いています。

ハーヴェスター　奇妙なことですが、今だって飛行機には以前と変らぬ関心を抱いているんですよ。世間で話題になった飛行とか新型機種のテストなどの話題をいつも追いかけていますからね。誰かが曲芸飛行などやろうものなら、その話題で持ちきりです。

リコンダ　モーリス君の勇気には驚嘆しますよ。気が滅入っているところなど、見たことありませんな。

タブレット夫人　そうなのよ。あの子の頑張り精神には感心しますわ。苦痛のあまり額に大粒の冷汗が出ているような最中でも何かしら冗談をいうのを見ることほど、心が痛むことはありません。

ハーヴェスター　ねえ奥様、弟さんが間もなく帰ってしまうというのは残念ですね。彼がいてくれたのはモーリス君にとってすごくためになりました。

タブレット夫人　二人が子供だったころ、大の仲良しでしたわ。兄弟だからって、仲良しとは限りませんからね。

リコンダ　その通りですな。

タブレット夫人　コリンの帰国は随分久しぶりでしたからね。モーリスの飛行機が墜落する直前に中米に行って、それ以来でしたのよ。

リコンダ　で、コリン君はどうしても戻らなくてはならないのですか?

タブレット夫人　父からの遺産の全てをあそこのコーヒー農園につぎ込み、今は大成功を収めているのです。コリンは現地で農園経営をするのが気に入っているのですよ。身障者の兄の世話をする手伝いのために農園を手放させるのは酷でしょうよ。

ハーヴェスター　そうですね。誰だって自分自身の人生があるのですから、兄の犠牲になれというのは不当なことでしょう。

タブレット夫人　(皮肉な微笑を浮かべて)若い人になら頼んでみてもいいけれど、応じてくれる可能性は低いわね。

ハーヴェスター　奥様、そんなことはございませんよ。イギリスには、病身の母親の面倒を見るために自己犠牲を払っている、しなびた女性が大勢いますよ。

リコンダ　この間バースに滞在していたのですが、今の話のような組み合わせをたくさん見ましたよ。私はそれを見ていて、正直に言いますが、娘が母親をどうして殺害しないのかなと、時々思いました。

ハーヴェスター 実は、殺害することが結構あるのです。あまりに長く生きた老婦人が親類によって毒殺されたらしいと疑う症例を扱ったという医者は大勢います。でも医者は慎重に口を閉ざしていますがね。

リコンダ どうして黙っているのですかな?

ハーヴェスター だって自分の商売にとってマイナスだからですよ。殺人事件に関係した医者なんて嫌われますから。

タブレット夫人 世間にはもう若くなくて、健康の優れない婦人が——私がまさにそうなのだけど——大勢いるでしょ。そういう人をどうするかという問題をよく考えてみたんですよ。アフリカのどこかの部族の慣習が最善でないとは言えないと思うの。ある年齢に達したら、川の淵に連れて行って優しく、でも確実に溺死させるという方法です。

リコンダ (苦笑を浮かべて) もし泳げたら?

タブレット夫人 その場合の備えもちゃんとあるの。家族が、石ころを手にして岸辺に立って、懸命に泳いでいるおばあさんに向かって皆で投げるのよ。おばあさんの気力はそれでくじけるらしいわ。

（ウエイランド看護婦がドアを開く。ハーヴェスター医師が立ち上がり、モーリスが寝たままのベッドの移動を手伝う）

モーリス　さあ戻ったよ。すっかり準備してもらったから、いくら興奮しても大丈夫だ。蓄音機で一曲聞こうか？

ハーヴェスター　僕はもう帰らないと。

タブレット夫人　それから看護婦さんも、もう休んでください。

看護婦　ちょっと片付けが済みましたら引き下がります。若奥様とコリン様はオペラの後、お食事を取りにどこかにいらっしゃることはないのでしょうか？

モーリス　むろんそうするに決まっている。ステラに今夜はうんと楽しんでこいと念を押しておいたんだ。ステラは、寛げる機会があまりないからな、気の毒に。

看護婦　それですと、お二人は朝四時までご帰宅なさいませんね。

モーリス　何かい、僕が起きて待っていてはいかんとでもいうのかい？　意地悪な人だな。

看護婦　ハーヴェスター先生も反対されるのでは？

ハーヴェスター　大いに反対だね。でも、妻が無事に帰宅したのを確認するまでモーリス君に就寝する気がまったくないのは分っている。たまには、医者が禁ずることをするのも患者にとってプラスになる、というのが僕の説なのだ。

ハーヴェスター　私にはそういう医師がありがたいな。

リコンダ　それなら、少佐殿、早く長患いの病気になってくださいよ！　そしたら我が家に本格的なテニスコートが作れるくらい儲けさせていただけますな。

リコンダ　まあ考えておきましょう。

モーリス　（耳をそばだて）あれは何だ？

タブレット夫人　モーリス、何ですか？

モーリス　車の音がしたみたいだ。そうだ、間違いない。ステラだ。あの車の音なら、何千台の中でも聞き分けられるぞ。

（玄関に車が乗りつける音が今ははっきり聞こえる）

リコンダ　こんなに離れていても聞こえるの？

モーリス　もちろんですよ。家の車だ。先生、もう少しここに残って、ステラに会って行ってください。今夜、彼女は盛装していて、目の保養になるから。

リコンダ　今夜のオペラは何だったのですか？

看護婦　『トリスタンとイゾルデ』です。

モーリス　だからステラに是非行きなさいと強く言ったんだ。ステラと僕が婚約したのは『トリスタン』を観た後だった。母さん、覚えている？

タブレット夫人　もちろん覚えているわ。

モーリス　皆で観に行き、終演後食事に行ったのだ。僕はあの頃乗っていた小型の二人乗りに彼女を乗せ、リージェント公園の周りを回った。結婚すると約束するまでいつまでも回り続けると宣言した。『トリスタン』を観て食欲が出たので、公園を二回目に半分回ったところで、彼女はこう言った。「あなたと結婚するか、飢え死にするか、どっちかを選ぶのなら、そうね、結婚するほうがいいわ！」

ハーヴェスター　奥様、この話は本当でしょうかね？

タブレット夫人　さあ、どうかしらね。あの頃は二人ともすっかりのぼせ上がっていましたからね。先にレストランに着いた私たちが注文し終えた丁度その時、二人がカナリアを飲みこんだ猫みたいな様子で現れて、婚約したと告げました。それは覚えています。

（ドアが開き、ステラ登場。後から義弟コリンも登場。ステラは二十八歳で美人。夜会服にオペラ用のコートをはおっている。コリンは三十代初めで背が高く、浅黒い肌で美男。タキシードを着て、長いコートに白タイ）

モーリス ステラ、お帰り。
ステラ ダーリン！ 私がいなくて淋しかった？
（夫の元に行き、額に軽くキスする）
モーリス 可哀想にどうしてこんなに早く帰ってきたんだい？ 食事をしてくるって約束したじゃないか！
ステラ オペラを観てわくわくし、気持が高ぶって、何も食べられないと思ったのよ。
モーリス 何言っているんだ！ ルシアンに行ってダンスをし、シャンパンを一、二杯飲んでくれれば良かったのに！ せっかく僕が大金を払って君に新しいドレスを買ってあげたのに、誰にも見せないのでは、何にもならないじゃないか！ （リコンダに） 彼女はオペラに着て行くには派手過ぎるって言ったのですが、夫としての権限を行使して着て行かせました。
ステラ 幕間に見せびらかそうかとも思ったのだけど、勇気がなくて、結局コートを脱がなかったわ。
モーリス じゃあ、今ここで脱いで男性諸君にお見せしたらいい。もうお暇しますって言ったのを引き止めるために、君が帰宅したら新調のドレスを見てもらうと約束したんだ。

ステラ 何をおっしゃるの？ リコンダ少佐やハーヴェスター先生に女のドレスの良し悪しがお分りになるとでもおっしゃるの？

モーリス 男性のことを見くびってはいけないよ。さあ、コートを脱いで、皆さんに見てもらおう。

ステラ ひどい人ね、あなたったら。照れてしまうじゃないの。

（ベッドの端に座って、コートを脱ぐ）

モーリス 立ちなさいよ。

（ステラは一寸躊躇するが、それからまだコートを腰の辺りから離さぬまま立ち上がる。コートを手放す）

ハーヴェスター 綺麗だ！

（ステラが一寸よろけ、叫び声を抑える）

モーリス あ、どうしたの？

（コリンがステラを支えて椅子に座らせる）

ステラ 何でもないの。ただ、ひどく眩暈（めまい）がするわ。

タブレット夫人 あら、まあ。

モーリス　大丈夫か!

（看護婦と医師がステラに近寄る）

ハーヴェスター　モーリス君、大丈夫だから、心配しないで。（ステラに）頭を下げて脚の間に挿むようになさい。

（医師がステラの首に手をあて、頭を下げさせる。看護婦は両手でステラの脇を支えようとする。しかしステラはその手を払いのける）

ステラ　止めて！　私に近寄らないで。すぐよくなるから。私ってだらしないわね。

モーリス　ごめん、僕の責任だ。

ステラ　何でもないの。もう元気になったわ。

タブレット夫人　食事してなくて気分が悪くなったのだと思いますよ。あなた、何時に夕食を取ったの?

コリン　夕食は取らなかった。オペラの始まる前にキャビアとシャンパンを半瓶あけただけだ。

タブレット夫人　二人ともおバカさんだこと。

ステラ　お腹が空いてるときのほうがワグナーを楽しめるのです。もうすっかり良くなりました。

タブレット夫人　看護婦さん、お手数ですけど、キッチンに行ってこのおバカさんたちが食べるものがあるかどうか見てきてくださらない？

看護婦　見てまいります。たしかハムがあると存じます。サンドイッチをお作りしましょう。

タブレット夫人　コリン、地下室からシャンパンを取っていらっしゃい。

コリン　分りました。氷はある？　僕はめちゃくちゃ喉が渇いているんだ。

（彼がウエイランド看護婦と自分のためにドアをあけて退場）

リコンダ　これで失礼します。（ステラに）ご気分がすぐれなくてお気の毒です。

ステラ　何か口にすれば回復します。お母様のおっしゃるとおりで、たっぷり辛子をつけた大きなハムサンドイッチを食べれば治るでしょう。

モーリス　うん、さっきより血色が戻ったな。さっきは一瞬真っ青だった。

リコンダ　では、さようなら。

タブレット夫人　さようなら。立ち寄ってくださって有難う。

（リコンダ退場）

ハーヴェスター　お邪魔でなければ、もう少しだけいましょう。まともな食事をしない若い女性は困ったものですな。

（タブレット夫人がモーリスとステラを見て、二人だけになりたがっているのに気付く）

タブレット夫人　（ハーヴェスターに）庭を歩きません？　あたたかいし素敵な夜ですわ。

ハーヴェスター　さあ、参りましょう。看護婦が僕用にもサンドイッチを作っておいてくれるといいな。ばかに腹が空きました。

（医師とタブレット夫人退場。ステラは二人だけになるとすぐさまモーリスに近寄り、口に愛情の籠もった長いキスをする。モーリスは妻の首筋に手を回す）

モーリス　いとしい人！

（ステラは夫から体を離して、ベッドに座り、彼の細い病んだ手を握る）

ステラ　醜態を演じてごめんなさいね。

モーリス　魂消たよ。どこかに行き、食事を取ってから帰ってくればよかったのに。
ステラ　だってそうしたくなかったのよ。はやく帰宅したかったわ。
モーリス　ダンスに行かなかったのは、僕が寝ないで待っていると思ったからではないと証言できるかい？
ステラ　バカなことおっしゃい。あなたが私の帰りを待っていると思って嬉しい気持だったのよ。私がダンスをしたがるなんて、思わないでしょ？
モーリス　この可愛いうそつきめ！　君くらいダンスがうまければ、当然ダンスに夢中になる筈だよ。君みたいに上手な人と踊ったことはないな。
ステラ　でもね、趣味が変るってこともあるでしょ。それに今のダンスは以前のとは違うし、私ももう若くないしね。
モーリス　二十八歳じゃないか。ほんの小娘だ。人生を謳歌していい年だ。ああ、僕がこんなことになってしまい、君には申し訳ない。
ステラ　あなた、止めて！　そんなこと考えることもないわ。自分にとって大事なことを私が諦めているなんて、そんなことありえないわ。
モーリス　僕には気になるのさ。とにかくコリンが帰国してくれたのは幸いだった。お陰で君も否応無しに外出することになってよかったよ。

ステラ　まるで私が修道院の尼さんみたいに閉じ込められているような言い方ね。いつだって自由に外出しているじゃないの！　評判の芝居だってみんな観ているわ。

モーリス　母と一緒にマチネーでね。母はいい人だけど、一緒にいて楽しくなる人じゃない。何と言っても、若いときは若い者と一緒がいい。年配者にはバカバカしいような事をしたり、言ったりしたいものだ。年配者は物分りがよさそうに、若いものの言動を寛大に眺めて微笑する。だが若者は寛大さなんか要らない。人は若いが故にバカを演じたがるものだ。若者よ、すべからくバカたるべし。

ステラ　警句なんて受けないわ。流行らなくなったそうよ。

モーリス　君が足がくたくたになるまで踊り、それから月光の中をドライヴすればいいと思っていたのだ。覚えているかな、君と僕は昔ある晩そうしたじゃないか！　夜会服のままで川辺のパブで朝食を取ったね。何て楽しかったんだろう！

ステラ　あの頃はあなたも私ものぼせ上がっていたのよ。今夜はそんなことをするには疲れ切っていたわ。帰宅したかっただけよ。

モーリス　飲み歩くっていう習慣が君になくなったというだけのことだよ。

ステラ　あなたが一緒でなければ、飲み歩きなんかしたくないもの。

モーリス　何てバカなこと言うんだ！　コリンのやつ、もっと長くいてくれればいいのになあ。

ステラ　半年の予定で帰国したのに、ほぼ一年いてくれたわ。

モーリス　もう少し滞在するように説得してみるって、君、約束したじゃないか。

ステラ　仕事に戻らなくてはならないのよ。

モーリス　あんな農園売り払ってここで暮らせばいいのに。

ステラ　イギリスでは陸に上がった魚同然なのよ。外地での生活に慣れてしまうと、母国での会社勤めなどは嫌になるんでしょう。

モーリス　まあそうだろうね。僕だってコリンの立場だったら嫌だろうな。僕のために彼にもっといて欲しいと思ったのではないんだ。母だって、役立たずの息子二人にはもう慣れている。僕の念頭にあったのは、ステラ、君のことだよ。

ステラ　私、自分で自分のことを考えるくらいできますわ。とても自己中心的な女ですもの。

モーリス　僕が寝たきりの病人だからというので、何も分らぬバカ者だと思ってはいけない。

ステラ　だってそう思うしかないでしょ？　私が退屈しているなんて勝手に決めて、大事な雛の世話をする親鳥みたいに、うるさく心配しているんですもの！　いいえ、私は退屈なんかしていませんよ。したいことは何でもさせて頂いているし、あなたくらい思いやりのある夫はどこにもいないもの。一日中忙しいから、あっという間に日が過ぎて行くわ。退屈なんて私とは縁がない。したいと思うことの半分くらいしかする時間がないのよ。

モーリス　ああ、君は立派だ。ずっと立派だった。不運に何とか耐えてきてくれた。僕が耐えるのは当然だ。だが、君が耐える必要はない！　僕は歯を食いしばって諦めを学ばなければならなかった。でも君のような若い女性がどうして諦めなんかを学ぶ必要があるだろうか？

ステラ　そんなこと言わないで。そんなこと考えてはいけないわ。私、あなたを愛したから結婚したのよ。あなたが私の愛をこれまで以上に必要としている今、愛するのを止めたとしたら、私は人でなしということになってしまうわ。

モーリス　人は義務感で愛せるものではないよ。愛は自然にやってきて自然に去るものだから、誰にも自分の意志で左右などできない。

ステラ　（鋭く見詰めて）モーリス、どういう意味？　（目をそらせて）私の態度に、私が以前と違ったと思えるようなことが何かあったの？

モーリス　（深い愛情をこめて）いいや、そんなことは何もないよ。いつだって天使のように優しくしてくれている。（ぎょっとして）あ、どうしたの？　真っ青になったじゃないか！　また眩暈がするの？

ステラ　いいえ。真っ青になったのに自分では気がつかなかったわ。

モーリス　君がこれまでしてくれたことを僕が当たり前だと受け取っているように見えたからと言って、君への恩義に気付いていないわけじゃないよ。

ステラ　何言っているの。適度に礼儀正しく振舞う以外に、特にあなたにしてあげたことなど何もないじゃないの。

モーリス　看病はしてもらわなかったさ。そもそも、私にさせてくれなかったじゃありませんか。

手を出すのには、耐えられなかっただろう。絶対に嫌だったから。病気の不愉快な面に君がるのは嫌だもの。君には夜明けの香りを放って欲しい。（にやりとして）君が消毒剤の臭いをさせ

ステラ、君にどんなに感謝しているとか！

ステラ　（ふざけて）確かにそうよね。あなたに感謝してもらう理由はあるかもね！

モーリス　（軽い口調で）僕が回復しないっていうの、君知っていたよね？

ステラ　知るものですか！　それは長丁場だっていうのは分っているけど、今よりずっとよくなると百パーセント確信していますよ。

モーリス　そのうちに再手術をすれば、治癒が可能かもしれないって聞いている。でもそ

れは嘘だ。僕に希望を与えるために、そんな振りをしているだけだ。僕も真に受けたような振りをしている。そうするのが一番面倒がないから。ねえ、ステラ、僕は一生このままなのだよ。

（短い間。回復不能だと夫が知っているのを、ステラは今初めて悟る）

ステラ （真面目な口調で）あなたが元気だった時、私たちがどんなに幸福であったか、今はそこに癒しを求めましょうよ。あなたが私に与えてくださった大きな愛に、私はこれからも永遠に感謝するでしょう。

モーリス 僕の愛が変化したと思うかい？　変化するわけがない。僕は以前と少しも変りなく君を深く献身的に愛している。僕が愚かしくも、愛の告白をすることは多くないよね？

ステラ （少し微笑を浮かべ）愛の告白は、そんなに愚かしいかしら？　そうね、あなたは滅多に愛を告白したりしないわ。

モーリス ステラ、君は僕にとって全てだ。周囲の人たちは、とても親切だよ。事故で倒れるまで、皆がこんなに親切だって気付かなかった。本当にすごく親切だ。でも、君を不幸や悩みから免れさせるのに役立つならば、親切な人びとが皆地獄に落ちても構わないと思っているんだ。

ステラ（軽い冷かすような口調に戻って）私があなただったらそれは皆に黙っているわ。聞いたら喜ばないでしょうから。

モーリス（微笑を浮かべて）こんなにも君に頼り切っているので不安になっても当然なのだが、不安など少しも感じていないんだ。それというのも、君がいかに善良であるか、ちゃんと分っているのだもの。それも単に、頭と心で分っているだけじゃなく、あらゆる神経、あらゆる感覚、あらゆる苦難を通じて分っているのだよ。

ステラ（夫の言葉を軽く受け流そうとして）さあ、さあ、ほんとに大袈裟なことばっかり言うのね。そんなことばかり言うのなら、もう就寝していただくわよ。

モーリス　とても愛しているよ。僕のことを笑ってもいいけど、君だって、美しい目に涙が見えるよ。

ステラ（突然思いつめたように）モーリス、私はとても弱い、とても不完全な、とても罪深い女よ。

モーリス（急に口調を変えるが、まだ深い愛情をこめて）おバカさん、そんな大真面目な話はやめようよ。

ステラ（少し不安にならざるをえないで）今夜に限って、どうしてこんなことを言うの？

モーリス （にこにこして）人を笑わせるために常に道化を演じてばかりいるというのも難しいものさ。寝たきりの、中年に近づきつつある紳士にはあまり似合わないし。僕の冗談の流れがときに涸れたとしても許して欲しいな。

ステラ あなた、何か心配事があるのじゃないでしょうね？

モーリス あのね、僕みたいに寝たきりになると、あれこれと面白いことに気付くんだよ。ありがたいことに、病人であるのはそれなりに埋め合わせがある。むろん、人々は皆同情的だが、それに甘えてはいけない。お加減はいかがですか、と聞いてくれるさ。でも、本気で気にしているんじゃない。だって、気にする筈がないもの。人生は生きている人のためにあるので、僕なんぞは死者同然なんだもの。

ステラ （普段と違う困惑を覚えて）まあ、何ていうこと言うの！

モーリス 病状を聞かれたら、調子を合わせて、ピンピンしてまーす、と答える。見舞いに来た人を退屈させてはいけない。こちらの病気の話だと人はうんざりする。見舞客には彼ら自身の話をさせるがいい。そうすれば、モーリスは何て知性の優れた奴だと噂する。冗談をいうのもいいな。面白い冗談でも、下手な冗談でも、平凡な冗談でも何でもいい、とにかく笑わせれば、病人を哀れまなくていいと思い、ほっとするんだ。帰る時は病人に好意を抱くよ。

ステラ　そんな辛い真実を学ばねばならなかったなんて、残酷なことね。私、聞いて辛くなってしまったわ。

モーリス　辛い真実というほどでもないよ。それが人間性というものなので、観察すると結構面白い。僕はそう同情されなくてもいいのだ。あらゆるものに興味を持つようになった。以前は何の関心もなかった読書だとか、他人の事柄など。こんなこと言うつもりはなかったんだが、ただ、僕に生き続ける勇気を与えてくれたのは君だと言いたかったのだ。いいかい、僕は不幸ではない。これから何年生きるか分らないが、君が手伝ってくれるなら、何とか楽しくやって行けそうだ。全ては君のお陰だよ。明日、明後日、その次の日も君の顔が見られると思えば、どんなことも苦でなくなる。体が一寸痛むときには、君がまた病室に入ってくればキスしてくれるって考えるのだ。そうすれば、動悸がする心臓に君の唇の優しさを感じられる。

ステラ　（強い衝撃を受けて）私はこんな愛に価しないわ！　とっても恥ずかしい。私は身勝手だわ。無思慮だわ。

モーリス　そんなことは絶対にない。

ステラ　今夜どうして外出させたの？　私が喜ぶとでも思ったの？

モーリス　そんなことは考えなかった。自分の楽しみしか考えなかった。僕らが婚約したあの晩一緒に聴いた音楽を君に再び聴いて欲しかった。僕は君に夢中だった。第二幕でトリスタンとイゾルデがデュエットを歌い、僕が君の手を暗闇の中で握った時、君がすごく泣いていたのを覚えている？　どうして泣いたの？

ステラ　あなたを愛していて幸福だったから泣いたのよ。

モーリス　今夜は泣いた？

ステラ　さあ、どうかしら。

モーリス　あの音楽は絶品だね？

ステラ　(涙を浮かべながらも薄笑いして）まあ標準は超えてるっていう評判らしいわね。

モーリス　今夜帰宅した時、君の目にまだ影響が残っているようだった。明るく輝いていたもの。きらきら輝く大きな宝石のようだった。今夜みたいに君が美しく見えたことはない。ミロのヴィーナスも顔色なしだな。

ステラ　(快活さを取り戻し、またふざけて）もっと続けて！　いくらでも褒められていられるから。

モーリス　何週間だって続けられるぞ。

ステラ　いいえ、それじゃあ、えこひいきだってことになるわ。サンドイッチが来るまで続けて。

モーリス　手を握らせて。
ステラ　いいえ、だめよ。感情的にならないで、今年のグランドナショナルでどの馬が勝つか、そんな話をしましょう。
モーリス　もちろん、掛け値のない真実は、君は結婚した頃よりずっと美しくなっているってことだ。急にこんなに輝くばかりの美人になったのは、どうしてだろう？　世界を創造したばかりの女神が、自分が創造した世界に初めて降り立とうとしているようだ。
ステラ　いつもと違ってみえるなんて、私自身にはぜんぜん理由が分らないわ。
モーリス　僕は君の顔を観察しているんだ。日々の微妙な変化が分るよ。一年前は、いらいらして、怯えたような顔つきだったけど、近頃は妙におだやかな表情になった。美しい落着きを感じさせるようになってきた。
ステラ　それあなたの勘違いじゃない？　年のせいよ、きっと。観察していると、そのうちに私のおでこには皺、頭には白髪を見つけそうねえ。
モーリス　とんでもない。君は絶対に年をとってはいけない。そんなこと耐えられないもの。何と残酷なことだろう、せっかくの君の美貌だの、輝く若さとかが、もしも……
ステラ　（急いで遮って）モーリス、お願いだから、止めてください。
モーリス　墜落した、あの瞬間に死んでいたほうが、君にも僕にも良かったのだ。僕は君には役立たずだし、誰に対しても役立たずだ。

ステラ　どうしてそんなことが言えるの？　あなたは知らないかもしれないけど、あなたが負傷したと聞いた時どんなに不安だったか！　そして何日も何日も不安に悩まされた後ようやく命を取り留めたと聞いた時、どんなにほっとし、どんなに深く感謝したことでしょう！

モーリス　生かすべきではなかった。地面に叩きつけられた時、助けたりしないでくれればよかったんだ。普通より一寸強い注射一本打ってくれさえすれば、それで死ねたのに。残酷というなら、僕を生き返らせたことこそ残酷だ！　僕にとって残酷だし、君にとっては何十倍も残酷だ！

ステラ　そんなこと言わせません。嘘よ！　嘘だわ！

モーリス　もし僕らに子供がいたならば、耐えられたかもしれない。ああステラ、小さな子供がいて、その子が君と僕なのだと考えることが出来さえすればなあ！　子供は君を癒すことになっただろう。子供を持つのは女の運命だ。子供がいれば、君も自分の一生を無駄にしたと感じないで済んだろうに！

ステラ　でもモーリス、私は自分の一生を無駄にしたなんて思っていないのよ！　今夜のあなたって変よ。気分が悪くて疲れているのだわ。ねえ、一体どうしたの？

モーリス　君を愛している。以前のようにこの腕で抱きしめたい。君の唇に僕の唇を合わせ、君が目を閉じ頭を反らせるのを見、しなやかな君の愛らしい体が欲望でぴんと張るのを感じたい！　ああ、ステラ、ステラ、ステラ！　もう耐えられない。（彼女にしがみ付いてわっと泣き出す）

ステラ　モーリス、愛しい人！　ね、お願い、泣かないで！

（彼はヒステリックに泣き続け、その間ステラは母が子をあやすように彼の体を左右に揺する。ようやくモーリスは気を取り直す）

モーリス　（すっかり語調を変え、淡々とした口調になり）これはしたり、僕って何と言うバカなのだろう！　ハンカチを渡して。

（ステラが枕の下からとって渡すと、彼は鼻をかむ）

ステラ　こわかったわ。

モーリス　男のヒステリーっていうものだろうな。この場に君しかいなくてよかった。もしウエイランド看護婦が目撃したら、大変だったよ。

ステラ　（一緒に笑おうとして）彼女の豊かな胸にあなたがしがみ付いているところを私が目撃したら、もっと大変だったでしょうね。

モーリス　そういえば、彼女は胸が豊かだね。

ステラ　最近の看護婦は体格がよくなったわ。
モーリス　鏡、持ってる？
ステラ　持ってなければ、きれいな唇に口紅をぬれないじゃないの。（ハンドバッグから手鏡を取り出して手渡す）
モーリス　（自分の顔を見て苦笑する）勇猛な航空兵にしてはいささか涙にまみれているな。（目をハンカチで拭く）
ステラ　鼻に白粉をつけてあげるわ。動転したときなんか、落着けるわよ。
モーリス　それはご免だ。よかったらウイスキーのソーダ割りをもらおうかな。
ステラ　はい、そうするわ。でもその前に、自分の鼻を白粉で叩くわ。
モーリス　もう大丈夫、すっかり元気になったよ。
ステラ　白粉をちょっと叩いただけで、女の不恰好な鼻を、だれもが最大の魅力だと認める可愛らしい鼻に一瞬のうちに変える仕組みを誰かに説明してほしいわ。
モーリス　よく聞く科学の奇跡っていうやつじゃないかな。
ステラ　さあ、ウイスキーとソーダを取ってくるわ。
モーリス　コリンが来たぞ。ウイスキーの代りにシャンパンにするよ。

（コリンがグラスと氷を載せた盆とシャンパンを持って登場）

コリン　随分時間がかかってしまった。

モーリス　君一人じゃあ地下室で困るだろうと分っていたんだ。捜索隊を派遣しようとしていたところだった。

コリン　まず氷を割る器具がなくて、それから針金を切るペンチが見つからなかった。それから、車を車庫に入れなくてはと思った。一晩中外に停めておくのはまずいからな。

モーリス　その間ステラはひもじい思いをしていたのさ。

コリン　ウエイランド看護婦はすぐ来るよ。ベイコン・サンドイッチを作っていて、うまそうな匂いがする。

（看護婦が蓋付き大皿を運んでくる）

ステラ　来たわ。看護婦さん、どうもありがとう。私何が好きって、ベイコン・サンドイッチが大好きなのよ。

看護婦　ナイフとフォークはお持ちしませんでした。手で召し上がれると思いまして。

ステラ　まあ、おいしそう！
コリン　急いで部屋に行って着替えてくる。普段着になってすぐに戻る。
ステラ　先に始めますよ。
コリン　どうぞ始めてください。ただし僕の分をちゃんと残してくれなかったら、金輪際口をききませんからね。

（コリン退場。ステラは窓辺へ行く）

ステラ　ハーヴェスター先生、いらしてサンドイッチを召し上がったらいかが。冷めてしまいますよ。
モーリス　待っていて、みんながつがつ食べるところを見てもしょうがないな。寝ることにするよ。
ステラ　一緒にシャンパンを召し上がらないの？
モーリス　悪いけどやめておく。ちょっと疲れたからね。
ステラ　まあ、残念ね。でもお疲れなら起きていることないわ。
モーリス　後で寝室に行く途中に僕の部屋をのぞいてくれる？

ステラ　ええ、むろんそうします。でも眠っていらしたら、無理に起さないわ。
モーリス　眠っていないよ。ちょっと頭痛がするんだ。暗いところで安静にしていれば、治ると思う。
（ウエイランド看護婦がモーリスのベッドを運び出そうとしていると、タブレット夫人とハーヴェスター医師が登場）
ハーヴェスター　僕を呼んでいましたね？
ステラ　そうです。モーリスが就寝します。
タブレット夫人　それは良かった。もう随分遅くなったから。モーリス、お休み！　熟睡なさいな。（前かがみになって、息子の額にキスする）
モーリス　母さん、お休みなさい。お先に。
ハーヴェスター　看護婦さん、僕も手を貸そう。
看護婦　一人でできます。病人用ベッドの移動には慣れていますし、モーリス様は軽いのです。
モーリス　健康だった時期だって百四十八ポンドを超えたことはなかったな。

ハーヴェスター　いいから手伝う。手を貸したいのだから。

モーリス　診療代金に入っているんだから、仕事をしてもらおうよ。（コックニー訛りになって）あたいにドロップ、持ってきておくれ、あたいにパフ、持ってきておくれ、いい坊や！（看護婦がドアを開き、医師がベッドを押してゆく）

ステラ　先生、ぐずぐずしないでくださいな。さもないとサンドイッチがすっかり冷えてしまいますわ。

（ドアが閉まりステラとタブレット夫人の二人だけになる）

ステラ　モーリスは今夜、気が立っているみたいですの。

タブレット夫人　そうね、私も気付きました。

ステラ　オペラに行ってすみませんでした。

タブレット夫人　あなた滅多に外出しないじゃありませんか。

ステラ　出たくありませんもの。

タブレット夫人　ひどく疲れているのでしょう？

ステラ　（微笑して）くたくたですの。

タブレット夫人　何か召し上がったら？
ステラ　みんなが来るのを待ちますわ。
タブレット夫人　どんなことが起きても、あなたがモーリスにしてくださったことに対して、どんなに深く感謝しているか知って欲しいわ。
ステラ　（ぎょっとして）どうしてそんなこと、おっしゃるのですか？　モーリスの具合が悪くなったのでしょうか？
タブレット夫人　いいえ、いつもと変らないでしょ。
ステラ　彼、時々気が立ったり神経過敏になったりすることがあります。
タブレット夫人　ええ、そうね。
ステラ　今は驚きましたわ。どうしてやぶから棒にあんなことをおっしゃるんですの？
タブレット夫人　（微笑して）言ってはいけないかしら？
ステラ　なんだか不吉な気がしました。
タブレット夫人　あなたが長年にわたってモーリスのために自分を犠牲にしてきたことを、私がよく分っているのを知って欲しかったの。私が当然だと思っているなんて考えて欲しくないわ。
ステラ　そんなことおっしゃらないで！　もしモーリスを心から気の毒に思わないとした

ら、人間とは言えませんわ。あの人、どんなに辛かったことでしょう。彼の不幸を少しでも和らげられるようなことがあれば、してあげるのが当然です。

タブレット夫人　治る見込みのない病人の妻になるために結婚したのではないわ。

ステラ　楽あれば苦ありです。

タブレット夫人　それに私が一緒に暮らしているというのが、どんなにうっとうしいか分っています。姑が歓迎されるというのは無理だわ。

ステラ　（愛想よく）お母様はとても優しく接してくださいました。ご一緒にいらしてくださらなかったら、とても困ったことでしょう！

タブレット夫人　邪魔者にならないように努めたのは事実です。私がここで暮らすのをあなたが拒絶したとしても、あなたの当然の権利だったでしょう。その意味で、私にしてくださったことにも感謝していますよ。

ステラ　そうおっしゃっていただいて照れてしまいます。

タブレット夫人　あなたはとても若く、とても美しい人です。全ての人と同じように、自分の人生を生きる権利が当然あります。でも、この六年間というもの、法律上の儀式で結ばれたというだけで夫となっている男の唯一の慰めになるために、あなたはあらゆるものを犠牲にしてきました。

ステラ　いいえ、愛し合ったから結ばれたのですわ！

タブレット夫人　私、あなたに対して心から申し訳ないと思っています。今後どんなことになっても、あなたの勇気と忍耐心と自己犠牲を決して忘れませんよ。

ステラ　（困惑し少し怯えて）おっしゃる意味が分りません。

タブレット夫人　（寛大に皮肉な微笑を浮かべて）そう、お分りにならないかしら？　それじゃあ、こう考えてみてくださいな。今日は私の結婚記念日で、そのため結婚生活の長所と短所、幸と不幸のことで心が一杯だと。

（コリン登場。夜会服を脱いできて、古ぼけたゴルフ用の上着を着ている）

コリン　やあ、他の連中はどこ？

ステラ　モーリスは寝たし、先生はすぐいらっしゃいます。

タブレット夫人　さあ、さあ。座って少し召し上がったらどう？

コリン　シャンパンを注ごうか。（彼は三つのグラスにシャンパンを注ぐ。ステラはサンドイッチを食べる）

ステラ　おいしいわ。

タブレット夫人　ウエイランド看護婦はサンドイッチ作りが上手でしょ？

ステラ　上手ですわ。

（ハーヴェスター医師登場）

ステラ　先生、急がないとなくなってしまいますよ。とてもおいしいんです。

ハーヴェスター　一口頂き、シャンパンを一杯飲んだら、急いで失礼しますよ。もうかなり遅いし、明日は早く起きて元気に働かねばなりませんからな。

コリン　兄は大丈夫ですか？

ハーヴェスター　ええ、まあ大丈夫です。何かの理由で今夜は元気がないんです。どうしてか私には分りません。夕方ころはいつもどおり元気一杯だったのですよ。

タブレット夫人　疲れただけでしょ。起きているって言い張ったものだから。

ハーヴェスター　看護婦は何か気持が動転するようなことがあったと言っています。そうでしょうか？

タブレット夫人　私の知る限りでは、そんなことはなかったと思いますが。

ハーヴェスター　頭痛がすると言いましてね。それで睡眠薬を置いてきました。寝付かれぬ場合とか、夜目が覚めて不安になったら飲んでもらえばいいのです。
ステラ　寝室に行く前に様子を見にゆきます。たっぷり休息を取れば、明日にはいつもの元気を取り戻しますわ、きっと。
タブレット夫人　ステラ、一寸でも、そばにいてやってくださいな。
ステラ　もちろんそうします。
ハーヴェスター　では、これで退散します。奥様、お休みなさい。楽しい時を過ごしました。
タブレット夫人　玄関までお送りし、それから自分の寝室に行きます。じゃあ、お休みなさい。
ステラ　お休みなさい。
（二人はキスし、それからタブレット夫人はコリンにキスする）
タブレット夫人　コリン、お休み。さあ、二人ともいつまでも起きてないで、休みなさいね。
コリン　そして消灯と戸締りを確認しなさい、って言うのでしょう？　はい、指示通りします、お母様！
タブレット夫人　（息子にからかわれて嬉しそうに医師に向かって）この子たちが私をど

う扱うかご覧になったでしょ？　年取った母への尊敬に欠けるわ。

コリン　でも、ほどほどの愛情だってありますよ！

タブレット夫人　有難う。

ハーヴェスター　お休みなさい。

ステラ　先生、お休みなさい。数日したらまた往診してくださいますね。

ハーヴェスター　はあ、そのつもりです。

コリン　先生、お休み！

（医師とタブレット夫人退場。コリンは窓に近寄って閉め、カーテンも閉める。タブレット夫人と医師が退場するや否や、ステラは食べる振りをしていたサンドイッチを皿におく。虚空を見詰めて立っている。コリンが戸締りを終えると、明かりの大部分を消すので、部屋は薄暗くなり、明かりがステラだけを照らす。コリンは彼女のほうを向く）

コリン　ステラ、ステラ！

（彼女は泣くのをこらえて、惨めな目付きで彼を見る）

ステラ　コリン、何て辛いのでしょう！

コリン　（ステラに近寄りながら）可哀想に！
ステラ　私に触れないで！　ああ、私は何ということをしたのかしら？　コリン、私たち何ということをしたのかしら？
コリン　愛しい人！
ステラ　モーリスが今夜とても変だったのよ。何を考えているのか、さっぱり分らなかったわ。もしかすると気付いたのではないかと不安だったの。
コリン　ありえないよ。
ステラ　モーリスが気付いてはいけないわ！　絶対に。何が何でも気付かせないようにしなければ。
コリン　僕がいけなかったのだ。
ステラ　私たち絶体絶命の状況にいるわ。どうして私を愛したの？　どうして私を愛したの？
コリン　ステラ！
（彼は抱きしめようとするが、ステラはわきを向く）
ステラ　ああ、恥ずかしい。（両手で顔を覆う）

第一幕終わる

第二幕

場面は前の幕と同じ。
翌朝、昼頃。
コリンが書き物机に座って手紙を書いている。
リコンダ少佐がメードに案内されて登場。ゴルフの服装である。

アリス リコンダ少佐です。

コリン (立ち上がって)やあ、こんにちは。
(メード退場)

リコンダ 何という恐ろしいことだ! 大変なショックだ。たった今聞いたのだが。

コリン　駆けつけてくださって有難うございます。お分りでしょうが、僕たちも皆動転しています。

リコンダ　ゴルフをやっていましてね。今朝は早い出発でした。九時に試合がありまして、試合後クラブハウスに戻ったところで聞きました。信じられなかったですよ。

コリン　でも本当なのです。

リコンダ　しかし昨夜のモーリス君は比較的元気だったじゃありませんか。

コリン　とにかく普段より悪くはなかったです。

リコンダ　とても快活だと思いました。明朗そのもので、盛んに冗談を飛ばしていました。

コリン　ええ、そうでした。

リコンダ　もちろん、まだ何も知らないのですよ。クラブのブレイクご存じでしたか？一緒にプレイしたことがあるかどうか知りませんが。

コリン　プレイしたことはありませんが、お目にかかったことはありますよ。

リコンダ　バーで一杯やっていると、彼が近寄ってきて、こう言ったのです。「モーリス・タブレットが昨夜亡くなったの聞いたかい？」と。いやあ、大ショックでした。年を取ってくると、知人が亡くなったと聞くと、ぎょっとしますな。

コリン　そうでしょうね。
リコンダ　ブレイクは詳しいことは何も聞いていませんでした。夜の間に急に病状が進んだのでしょうか？
コリン　いいえ、兄は一寸疲れたと言っていました。ステラと僕は寝る前にサンドイッチを食べようとしていました。兄は僕らが食べるのを待たない、と言いましてね。もうかなり遅くなっていたので、無理もないのです。ハーヴェスター先生がまだいて、先生と看護婦で兄を寝室まで連れて行きました。その時は何ともないように見えました。
リコンダ　睡眠中にそのまま亡くなったのでしょうか？
コリン　そうらしいです。
リコンダ　それならよかった。いやあ、理想的な死に方ですよ。自分の最期が来たとき、そんな風に死ねたらどんなに良いだろう、と誰も思います。
コリン　気分が悪くなったはずはないのです。もし気分が悪ければ、ベルを鳴らしたでしょうから。枕元にベルがあり、看護婦の部屋に繋がっています。ベルが鳴れば、彼女がすぐさま降りて来たはずですから。
リコンダ　で、看護婦はベルの音を聞いていないのですね？
コリン　その通り。

リコンダ　で、発見したのはいつですか?

コリン　こうなのです。兄がよく寝られなかったときは、朝十時くらいまで寝坊させておくことになっているのです。看護婦っていうものがどういう人種かご存じでしょう。どんなに患者が寝ていたくても、夜が明けると直ぐどかどかと寝室に入ってきて、こっちが寝ているかどうか構わず、体を拭き、髪を整え、枕の形を直さねば気が済まないのです。

リコンダ　私もよく知っています。マラリアに罹るのと有能な看護婦とどっちが怖いか分らん、と思っているくらいです。

コリン　でもステラが止めさせました。病人がベルを鳴らすまで誰も寝室に入ってはいけない、ときつく言いました。

リコンダ　そうですな、可哀想に、モーリス君もせめて睡眠中は幸せだったのでしょうからね。

コリン　ステラとウエイランド看護婦との間でもめたのはその点だけでした。看護婦は本当に親切で良い人でした。家で面倒なことは何一つ起さないし、いつも温厚で、有能でした。

リコンダ　ええ、分っています。文句の付けられない誠実な人だと思います。

コリン　ここに住み始めた最初の頃は、モーリスを毎朝八時に起して、その日の準備をさせるのがよいと主張しました。決まった通りにしたがったのです。そして、モーリスがもし疲れていたら、その後また休めばいい、と言ったのです。でもステラが頑張りました。他のことには介入したくないけど、このことだけは譲れないと言いました。結局、ウエイランド看護婦は折れるか辞めるしかありませんでした。

リコンダ　なるほど。

コリン　今朝九時半くらいでしたか、母とステラと僕の三人で丁度朝食を終える頃、看護婦がやってきました。彼女は朝食は取りません。朝七時に起きると自分でココアを作って一杯飲むだけです。

リコンダ　こういう連中ときたら、不快なことをやることにかけては天才ですなあ！

コリン　彼女が真っ青なのに気付きました。モーリスの寝室を見てきた、と言いました。ステラが、ベルの音は聞こえなかった、と言いました。家の造りが頑丈でないので、家中でベルの音が聞こえてしまうのですよ。

リコンダ　私の家も同じです。

コリン　モーリス様は鳴らされませんでした。でもあまりに遅いので、一寸覗いてご様子を見ようと思ったのです。看護婦はそう言いました。すると、ステラが急に怒り出しました。許しません！　モーリスがベルを鳴らす前に入室するのを禁じたはずよ。私の言いつけに背いたのね！　ステラがあんなに怒ったのを見たことありません。看護婦ががたがた震えているのが見えました。彼女は何だかとても変な様子でした。恐れているのですよ。でもステラを恐れているのではありません。何か悪い事があったと僕は直感しました。ステラ、一寸待ってと言い、僕は立ち上がりました。看護婦さん、何か困った事でもあったの？　ときくと、彼女は叫び声をあげ、両手を握り締め、亡くなったようです、と言いました。

リコンダ　何ということだ！　何て恐ろしいことだ！

コリン　ステラは深い溜息をついたと思うと、気絶してしまいました。

リコンダ　母上は？

コリン　母は気丈でした。半ダースものことが同時に起きた場合、その一つ一つを個別に見ながらも、全部一緒に見るってことがあるでしょ？　僕は、まずステラを助けるために飛んで行きました。彼女はドスンと床に倒れました。ショックで死んでしまったかと一瞬思いましたよ。それから母を見ると、トーストを手にして椅子に座っているのが目に入りました。母は看護婦のほうを、理解できないというように見ていました。それから真っ青になり震え出しました。声は出しませんでした。体が椅子の奥に縮んでしまい、急に年老いた老婆のようになりました。

リコンダ　看護婦のやつ、もっと穏やかに知らせればよかったものを！

コリン　それから母は立ち上がりました。気を取り直すのが誰よりも早かったのです。母があんなに気丈だとは知りませんでした。

リコンダ　千人に一人の女性ですよ。私は前から知っている。

コリン　「ハーヴェスター先生のところへ行きなさい」と僕に言いました。（急に声を震わせて）あの時の母の声は一生耳から離れないだろうな！

リコンダ　しっかりしたまえ。君が取り乱したら大変だ。動揺しそうなら、もう話してくれないでもいいですよ。

コリン　（気を取り直して）もう大丈夫です。もう話すことはありません。母は「私と看護婦でステラの世話はします。あなたは手を出さなくていいわ」と言いました。これを聞いて看護婦は我に返ったようでした。やってきて母と二人でステラの息を吹き返させようとしました。僕は兄の寝室へ行きました。脈を取り心臓に耳を当てました。寝ているように見えましたが、死んでいるのは分りました。車を出してハーヴェスター先生を迎えに行きました。もう往診に出ていましたが、大体行き先は分っていましたから、追いかけました。幸い追いついて、僕の車でここまで連れてきました。二時間以上前に死亡した、ということでした。

リコンダ　死因は何だと言いましたか？

コリン　塞栓症だろうと言いました。あるいはもしかすると心臓麻痺かもしれないそうです。

リコンダ　ステラはどうしましたか？

コリン　ありがたいことに、もう大丈夫です。しばらくして息を吹き返しました。あの時はぎょっとしましたよ。

リコンダ　無理もないですな。

コリン　ハーヴェスター先生はステラに寝ているように言いましたが、聞きいれませんでした。今はモーリスの寝室にいます。

リコンダ　母上は？

コリン　ハーヴェスター先生がついています。先生はどこかの患者を診に行かねばならなかったのですが、直ぐ戻ると言われていて、実際さっき来てくれました。あなたのいらっしゃる直ぐ前です。あ、先生がこちらに来ましたよ。

（コリンがそう言うと、ハーヴェスター医師が登場し、リコンダ少佐と握手する）

ハーヴェスター　やあ少佐殿。

リコンダ　今朝はつらいお仕事をなさるのでいらしたのですな。

ハーヴェスター　奥様とステラさんには当然のことながら大変なショックです。

リコンダ　奥様の具合はどうですか?

ハーヴェスター　健気に耐えていらっしゃいます。気が転倒しているのに、それを見せぬように努めていますね。自制心が強い方です。

リコンダ　私と会いたいと思われるでしょうか?

ハーヴェスター　もちろん、そうでしょう。

コリン　母に意向を聞いてきましょうか?

リコンダ　そうしてもらえればありがたい。私と会うのが億劫なら、そう言って頂ければいい。了解しますから。お邪魔をしたくないけど、もし私の顔を見て癒されるのなら、お役に立ちたいのです。

コリン　分りました。

（コリン退場）

リコンダ　タブレット夫人とはもう三十年以上の付き合いでしてね。亡くなったご主人はインド在住の官吏でした。
ハーヴェスター　ええ、そう聞いています。
リコンダ　私がインドに行ったとき、多少とも親しくなったのはご夫妻が最初でした。タブレット夫人は最上の人です。いつだってそうでした。誰にも好かれていました。
ハーヴェスター　私もこの五年間に奥様とは当然よくお会いしましたよ。本当によく病人に尽くされました。その点では、ステラさんも同じです。
リコンダ　これで終わって、むしろよかったと思わざるを得ませんな。
ハーヴェスター　モーリス君が回復する見込みはまったくなかったですからね。
リコンダ　昨夜もそうおっしゃっていましたね。
ハーヴェスター　もちろん今のままの状態で数年生きながらえるというのはありえたでしょうが、それが何になりましょう？　本人にとっても周囲の家族にとっても不幸なことでした。
リコンダ　家族が病人のために払う犠牲を嫌がったということは全然なかったですね。
ハーヴェスター　全然ありませんでした。皆さん、モーリス君にこの上なく親切でしたよ。

リコンダ　最期があんなに突然でなければよかったとは思うのだが。

ハーヴェスター　は、そうでしょうか？　肺炎になって苦しんで亡くなるよりずっとよかったじゃありませんか。

リコンダ　病人について言えば、そうでしょう。私は彼の母上と奥さんのことを考えていたのです。

（ウエイランド看護婦登場。看護婦の制服を着ている）

ハーヴェスター　やあ、どうも。君は休んでいると思っていたが。

リコンダ　おはよう！

看護婦　おはようございます。いらしていただいて有難うございます。奥様も喜ばれましょう。

ハーヴェスター　看護婦さん、君には休むように言ったはずだが。

看護婦　寝られませんでした。落着かなくて。

ハーヴェスター　それだったら、散歩に出かけたら？　座ってふさいでいても何にもならないよ。

リコンダ　看護婦さんにとって、今度のことは、他の者と同様に、大きなショックだったに違いない。随分長い間モーリス君の世話をしていたのですからな。

看護婦　その通りです。大変なショックです。本当にいい方でした。尊敬心が自然に湧いてきました。

ハーヴェスター　立派だったな。

看護婦　私は自然にお慕いするようになりました。常に陽気で、して差し上げることにとても感謝してくださいました。

リコンダ　次の仕事口につく前にたっぷり休暇を取るつもりだろうね。

看護婦　まだ何も考えていません。

ハーヴェスター　サウスコーストに友人がいると言っていたが、そこに行ったらどうかな？　正直な話、君はとても疲れているようだ。

看護婦　（無関心に）そうですか。

ハーヴェスター　あまり深刻にとらないことだよ。

看護婦　看護婦が患者を亡くすのを好まないのは当然です。とくにこんなに突然の場合は。

ハーヴェスター　彼が突然亡くなることは分っていた。

看護婦　不要になったら吹き消すキャンドルのようにですか？　消された炎はどこへ行くのでしょう？

（ハーヴェスター医師は一瞬彼女をじっと見る）

ハーヴェスター　（優しく）君は患者の死を常識の範囲を超えて深刻に考えすぎているよ。

看護婦　（敵意をこめて）私にとってモーリス様がお世話する患者の一人に過ぎないと思われたのですか？　看護婦も人間です。奇妙に聞こえるかもしれませんが、他の人と同じように心がありますわ。

ハーヴェスター　もちろん心はあるだろうさ。でも感情を常識より先行させたら、自分にも患者にもよくないな。

看護婦　私が無能だったと言うのですか？

ハーヴェスター　いや、いや、無論違う。君が決して骨惜しみなどしたことがないのは、神様だってご存じだ。ひょっとすると、自分の力以上に働きすぎたのかもしれない。私の助言を聞いて、どこかに行って休暇を楽しむといいな。休養が必要だ。

看護婦　モーリス様の死因は何だと思われますか？

ハーヴェスター　心臓麻痺だ。

看護婦　死因というどなたの場合も心臓麻痺ですね。

ハーヴェスター　もちろんだ。でも死亡診断書に記載する立派な病名だよ。

看護婦　病理解剖はされますか?

ハーヴェスター　いや、不必要だ。

看護婦　(医師の顔をまともに見詰めて)反対です。

ハーヴェスター　(冷静に)残念だね。だが君に関係のないことだ。主治医が死亡診断書に署名しようとするのであれば、余人が介入する権利はないから。

看護婦　モーリス様はこのまま何年も大丈夫だろうと、先生は私に何度もおっしゃっていましたね。

ハーヴェスター　実際そうだったかもしれないよ。彼の関係者にとって、そうでなかったのは神の恩寵(おんちょう)だと、今は思っていると断言できる。

看護婦　(落着いた口調で)先生、モーリス様は殺害されたのですよ。

ハーヴェスター　一体全体何を言うのだね!

看護婦　もう一度言わせるのですか?　モーリス様は殺害されたのです。

ハーヴェスター　バカな!

リコンダ　君は今日は頭が混乱しているに違いない。無理もないけど。でも無茶なことを言ってはいけない。本気で思っている筈のないことを口にしてはいけないな。

看護婦　リコンダ様、私はまったく正気です。自分が何を言っているのかよく存じております。

リコンダ　というと、今の発言は文字通りに受け取るべきだということだな？

看護婦　その通りです。

リコンダ　（深刻に）由々しい発言だよ。

看護婦　心得ています。

ハーヴェスター　とんでもないことだ！

看護婦　ハーヴェスター先生、五年間ずっと私を見てこられましたね。私が狂ったような大袈裟な発言をするヒステリックな女だという印象を、先生に一度でもお与えしたことがありましたか？

リコンダ　看護婦さんの言い分を聞こうじゃないですか。もしかして、ハーヴェスター先生の患者への診療について何か不満があったのかな？

ハーヴェスター　いやあ、そんなことは夢にも思わなかったが。そういうことなのか？　言いたいことがあったら遠慮なく言ってくれたまえ。怒ったりしないよ。医者だからとでかい顔をするのは嫌いだ。君を不快にしているようなことが何かあれば言ってもらうのがいい。説明するから。

看護婦　私に判断できる限り、先生は医療でできることは全てなさいました。

リコンダ　それに何人かの専門医にも診てもらっている。

ハーヴェスター　少なくとも六人に診てもらいました。

リコンダ　だとすると、どうなのかな？

看護婦　リコンダ様、私は看護婦としての教育を受けております。もし患者が医師の治療上の失敗の結果で亡くなった場合、それを公にしてご家族を苦しめるほど無神経である筈はございません。

ハーヴェスター　こんな場合に軽率だと思われたくないが、君の寛大さには感謝感激雨霰といわざるをえないな。

看護婦　先生は軽率でも皮肉でも低姿勢でも勝手になさればいい。私には無関係ですから。

リコンダ　（苦笑して）少なくとも今しばらくお互いに礼節を守っても悪くないと思うのだが。

看護婦　私は明白な申し立てをしました。それに固執します。

ハーヴェスター　告発は単数あるいは複数の不明の者がモーリス君を殺害したということ

だな?

看護婦　はい。

ハーヴェスター　だが、誰にせよ、どうして彼を殺害したいなどと望むだろうか?

看護婦　今のところそれは私の知ったことではありません。

ハーヴェスター　モーリス君の関係者は皆彼に対して献身的であったのは君もよく知っているだろう? 彼くらい深い愛情に囲まれていた人はいない。彼について悪かれと思う者は誰もいなかったじゃないか!

看護婦　私が何を思おうと、思うまいと、語る必要はありません。証人席にいるのでないのですから。

ハーヴェスター　証人席だって? (からかうように) 刑事裁判所で人騒がせな証言をしている自分の姿を思い描いているのか?

看護婦　もし法廷に立てば、当然世間の評判になりましょうが、正直言って、私はそういうのは大嫌いです。

ハーヴェスター　評判になるのは間違いなしだ。新聞が喜びそうな話題だからね。どうだね、ウエイランド君、モーリス君が病死であるのは分っているんだろう? それなのに、大騒ぎをしてみんなを動揺させてどういう得があるというのだね?

看護婦　もし病死なら、病理解剖で判明します。そしたら私は何も申しません。

ハーヴェスター　（苛立って）病理解剖はしない。遺族がどんなに嫌うか知っているだろう。

看護婦　解剖で明るみに出ることが怖いのでしょう？

ハーヴェスター　（きっぱりと）絶対にそんなことはない。

看護婦　（挑戦的に）もし死亡診断書に署名をなさったら、私はすぐ検死官のところへ行って、異議申し立てをすると警告しておきます。

ハーヴェスター　タブレット一家はこれまで十二分に苦しんできたと僕は思うのだが、君という人は更に嫌な思いをさせようと図っているのだね。

看護婦　リコンダ様、あなたはインド警察にいらしたでしょ？　患者が忌まわしい手段で殺されたと信じるに足る理由をもつ看護婦の義務を話してくださいませんか？

リコンダ　そんな質問はして欲しくなかったな。義務は明白だ。しかし、君を非常に好意的に扱ってくれた一家を世間の好奇の目に曝す前に、その考えに間違いない根拠があると確認しなくてはならん。

ハーヴェスター　そうだ、根拠は何なのだ？　告発はしたけれど、その根拠が何かは、僕の記憶する限り、少しも言ってないぞ。

看護婦　先生が病理解剖に同意されていれば、その結果が出るまで何もいう必要はなかったのです。でも先生は私を窮地に陥れました。リコンダ様のおっしゃるとおりです。一家の方々は私をそれは親切に遇してくださいました。恩義上その方々に直接あるいは間接に関係する告発を陰ではしないように致します。

ハーヴェスター　ということは家族全員をここに集めて欲しいという意味かな？

看護婦　そうしてください。

リコンダ　それが一番いいと思う。君の告発ははっきりしたものだから、先生も私も自分の胸にだけ収めておくのは不可能だ。どれほど苦痛であっても、モーリス君の遺族はみな看護婦さんの言い分を知るべきだと思う。

看護婦　是非皆様にお話ししようと思っています。奥様はまもなくこちらにお出でだと思います。

リコンダ　ステラさんはどこかな？

ハーヴェスター　彼女も来たほうが良いでしょうかね。

リコンダ　そのほうがいいでしょう。

ハーヴェスター　では探しに行きます。

リコンダ　モーリス君の寝室にいるはずです。

（ハーヴェスター退場）

看護婦　リコンダ様、私の言い分をお聞きになるまでは、私のことを非難なさらないでくださいませ。

リコンダ　（やや厳しく）看護婦さん、私はたまたまタブレット家の古くからの友人で、とくに奥様には深い愛着を持っているんですよ。こんな時に君が一家の辛さを増すようなことをするのが義務だと思うというのは遺憾です。君の言い分が誤っていたと判明すればいいと願うのみだ。

看護婦　そうなったら、どうぞ私をこの家から荷物を纏めて追い出してくださって結構です。

リコンダ　ここは私の家でないし、そんな嬉しくない仕事をコリン君が私に依頼するかどうか疑わしいですよ。

看護婦　どなたが私の味方で、誰が敵だか分って嬉しいですわ。

（タブレット夫人がコリンと共に登場。夫人は微笑を浮かべてリコンダ少佐に近寄る。彼

女は落着いている）

タブレット夫人　よくいらしてくださいました。

リコンダ　一瞬でもいいからと様子を見に来ました。私がどれほどお気の毒に思っているかはご存じでしょうが、何かお役に立てることがあれば、是非やらせて……

タブレット夫人　（微笑を浮かべながら皆まで言わせず）いらしていただいて有難うございます。いかにもあなたらしいわ。

リコンダ　大きなショックに負けずに耐えておられるのを見てほっとしました。

タブレット夫人　自分の気持は忘れて、あの子が長い苦しい日々を終えたということだけを考えたいのです。モーリスは勇敢な、のんびりした、幸せな性質でした。病人用のベッドで一生過ごす筈ではなかったのです。

リコンダ　覚えていますよ。少年時代、元気のよさにはいつも驚いていました。

タブレット夫人　あの子が亡くなったからといって泣きますまい。あの子が解放されたのを喜びましょう。

（ステラが庭から登場。後からハーヴェスター医師登場。ステラは白い服を着ている）

ステラ　あなたがいらしていて私に御用と、先生から伺いました。
リコンダ　まずご愁傷さまでしたと申しあげます。
ステラ　モーリスと私は死についてよく話し合いましたのよ。彼は死を恐れてはいませんでした。戦争中に死と直面したことが何度もあったのです。とにかく死を重要視していませんでした。死に伴う悲しみの装飾品など我慢ならぬから、喪服を着てはならぬと言っていました。自分が死んでも、日常生活は生きていた時とまったく同じように送ってくれということでした。
タブレット夫人　彼はあなたをそれだけ愛していたのよ。あなたの幸福を何よりも優先させたのです。
ステラ　分っていますわ。
コリン　「船乗り故郷に戻る、海から故郷に戻る」というあのスティーブンソンの詩が耳に鳴り響いている。
リコンダ　「そして狩人山から故郷に戻る」。海外で生活した者にはとても心に染入る詩ですよ。
ステラ　この世だけで全てが終わりだと、モーリスは決して信じていなかったようですわ。世間の人が大体信じているようなことで、モーリスが信じていないことは沢山ありました……

タブレット夫人　（遮って）私自身が信じていないことを子供に教える気にならなかったのです。子供たちがまだ小さい頃、夜子供と一緒にベランダに座ってインドの青い空を移動してゆく無数の星を眺めていると、人間とはどういうものかと考えることがよくありました。はかなくて、ちっぽけな存在でありながら、苦悩に耐える力、美への情熱を持つ人間、それは一体何だろうか？　そう考えていると、宇宙の神秘と広大さに圧倒されました。頭上に見える宇宙を創造したのは何か、また宇宙を導く力が何かなど、私には考え付きませんでしたが、驚異と畏敬で心が満たされました。その時私が漠然と察知したのは、世間のどの宗教の枠にも収まらない途方もないことでした。

ステラ　モーリスはいつも笑ったり冗談を言ったりしていましたね。真面目な話のときも目に薄笑いを浮かべていましたから、冗談を言っているのでないと確信できませんでした。子供時代にインドの乳母や召使から無意識に身につけたいろんな教えを彼は覚えていたみたいですわ。

タブレット夫人　インド人の乳母がいつもいたわ。彼女たちが子供にどんなことを教えたものやら。

ステラ　東洋の輪廻(りんね)の考え方には、もしかすると一理あるかもしれないって信じていたようです。知性によってでなく、神経と感性による奇妙な信じ方で信じていたようなのです。

リコンダ　子供のとき教わったことを全部信じなくなることは、ありえないんじゃないかな。

ステラ　自分の魂が傷を負った肉体を離れた時、別の住みかを見出すと心の奥で信じていたようです。彼には生命力が存分にありましたから、地球上のどこかで復活するに決まっていると感じていたのでしょう。

タブレット夫人　その嬉しい輪廻の信仰を私も持てたらいいとどんなに願ったことでしょう！　二度三度の機会を得て、生命から生命へと移り、不完全さを除去し罪を贖い、最後に神の無限の魂の無限の安らぎの中に自己を没入する。そんなことが出来れば、どんなに素晴らしいことでしょう！

ステラ　（看護婦に向かって）あなたにお話しすることがありました。間もなくこの家から出て行くのでしょう？

看護婦　そうでしょうね。

ステラ　夫のためにしてくださったことにお礼を言いたいのです。私がどんなに感謝しているか分ってくださるわね？

看護婦　義務を果たしただけです。

ステラ　（愛想よく微笑んで）いいえ、それ以上のことをなさったわ。ただ義務と言うだけであれば、あれほど思慮深く出来なかったでしょう。病人の要求をいつだって先回りして行うことなど出来なかったでしょう。口に出して言えぬほど思いやりがありました。

看護婦　（むっとして）モーリス様はとても扱い易い患者でした。面倒を掛けないようにいつも気を配っていらっしゃいました。

ステラ　一寸した計画があるんですよ。お母様とも相談して、賛同を得ています。ここで忙しい緊張した日々を長いこと送りましたね。年一回一ヵ月の休みはほとんど休みにならなかったことでしょう。日本にお姉さんが住んでいるということをよく話していらしたでしょ。訪ねてみたいというのを存じています。それで、もし受けてくださるなら、日本へ旅行をしてたっぷり休息を取れるようにさせて欲しいのです。

看護婦　（頑固に身構えるように）どういう意味か分りかねます。

ステラ　（一寸恥ずかしそうに、気持を和らげようとして）看護婦さんのお給料は決して多くないでしょ。モーリスが全財産を私に残してくれたのは分っているし、家は質素に暮らしてきましたから、私は結構豊かな暮らしができそうなのです。そこで、あなたに数百ポンド、あるいはきりがよいように一千ポンドでもいいけど、差し上げたいのです。どこかに長い旅行に行き、しばらくお金のことは気にしなくて済むようにできるでしょう？

看護婦　（自分を抑えようとして震えて嗄れ声になり）あなたからお金を受け取るなんて、私をそんな女だと思っていらっしゃるのですか？

ステラ　（驚くが、本気とは取らずに）でも悪いことではないでしょう？　さあ、理不尽なことおっしゃらないでくださいな！　私があなたを怒らせる気がないのはお分りでしょ？

看護婦　仕事にたいしてはちゃんと給料を頂いています。頂いた給料に不満なら出て行きさえすれば、それで済んだのです。

ステラ　（急に顔を叩かれたようにびっくりして）看護婦さん、一体どういうこと？　私が何を言ったというの？　何故そのような口をきくのですか？

ハーヴェスター　看護婦の言葉を文字通りとることはないですよ。今日の彼女はどうかしているのですから。

リコンダ　先生、誤魔化しても駄目ですよ。深刻すぎる話ですから。ステラさん、不快なことを言わなくてはならんのです。今の苦悩を増すようなことは出来れば避けたかったのだが、致し方ない。

ステラ　一体全体何ですの？

リコンダ　看護婦さんはモーリス君の死因が心臓麻痺だというのに納得していないのですよ。

ステラ　でもハーヴェスター先生がそうおっしゃっているのでしょう？　それで充分じゃないのでしょうか？

ハーヴェスター　僕は死亡診断書に署名しようとしているのです。死因に関して疑念はありません。

リコンダ　看護婦さんは病理解剖が行われるべきだと主張しています。

ステラ　（きっぱりと）絶対に許しません。モーリスの体は充分に痛めつけられています。無駄な好奇心を満足させるために解剖なんてとんでもない。絶対に拒否します。

リコンダ　病理解剖は近親者の同意なくしては行えないと理解しています。

看護婦　検死官の命令があれば別です。

ステラ　それはどういう意味でしょう？

リコンダ　もし拒否すれば、看護婦さんは警察に訴え出て、先生と私に述べた告発をするというのです。

ステラ　どういう告発です？

リコンダ　看護婦さん、ここで言って欲しいかな？

看護婦　（横柄ともいえるような冷静極まる態度で）特に言って頂きたいことはありませんよ。でもそうされることに反対しません。

ハーヴェスター　看護婦さん、最後までやり通す気なのかい？　リコンダ少佐と僕に言ったことは、まあ内輪の話だったのだろう？　もっと考えてみたほうが身のためじゃないだろうか？　これ以上言えば、僕らの手に負えなくなる。君の態度の結果でどんな厄介な事態が生じるか、よく考えてみたまえ！

看護婦　黙っているわけにいきません。黙ってなどいたら自分を許せないでしょう。

リコンダ　看護婦さんはモーリス君の死が病気のせいでなく、何か他の原因によると言うのです。

ステラ　申し訳ないのですけど、理解できませんわ。他のどんな原因が死因たりうるというのでしょう？

リコンダ　殺されたというのです。（コリンとステラはぎょっとする。タブレット夫人は叫び声を抑える）

ステラ　殺された？　看護婦さん、あなた気でも狂ったの？

リコンダ　モーリス君が関係者一同にこの上なく愛情の籠もった態度で接してもらっていたことは、ハーヴェスター先生と私が看護婦さんに指摘したところです。

コリン　とんでもない話だ！

ステラ　最初のショックが収まると、今は笑いたいくらいだわ。看護婦さん、そんな途方もないことを考えるなんて、あなたよほど疲れて気が立っているのね。さっき一年の休暇でも取れるようなお金を受け取るように提案したとき、変な態度だったのは、そういうわけだったのね。

看護婦　この段階で事をそこまで公にしなくてもよいと私は考えていましたのに。もし先生が病理解剖に同意していれば、私の疑惑に黒白がつくまで、何も発言しなくてよかった筈ですのに。

ハーヴェスター　傷つけるのは平気だが、刀を振り下ろすとなるとびくびくするのかね？

看護婦　（医師に食ってかかり）先生が私をここまで追い込んだのです。私は重大な疑惑をお伝えするという義務を果たしただけですのに、そうした途端に私にたいして明白に敵対的な態度を取られましたね。

ハーヴェスター　それじゃあ言うけど、君は愚かで、取り乱していて、ヒステリックだと思ったのだよ。実際、僕も長いこと医者をやっているので、人がどれほど支離滅裂なことを言い出すか心得ている。一々取り上げたら大変だ。例えば、ある女が別の女の悪口を言うのを聞いていたりしたら、忙しくてたまったもんじゃない。

看護婦　それともスキャンダルを死ぬほど恐れているのじゃありませんか？　悪いことで名前を知られるのは医者にとってまずいことだと分っています。もしこの家でのことが新聞に出れば、開業医としてかなりマイナスだと思っているのでしょう？　否定できるものなら、否定なさいませ！

ハーヴェスター　それはね、確かに悪い評判はこまる。開業するのに全財産を投入したのだし、もし嫌な事件に巻き込まれたら大変だ。

タブレット夫人　掛かり付けの医者は、セントラル・ヒーティングのようなものであればと皆さん期待するわね。効率よく、しかも、目立たないようにと。

ハーヴェスター　でも自分の義務というのであれば、自分の利益を優先させはしないと誓って言えます。しかし今度の件では義務だと思えないのです。必要な書類に署名してならぬ理由が見出せないのです。

コリン　肝心な点からずれているなあ。看護婦さんはさっきの告発の根拠を多分持っているのだろう。それを話してもらうといいのだが。

リコンダ　そう、根拠はあるようです。関係者全員の前でそれを話してくれるのがよいと思ったのです。

看護婦　それが私の希望でした。何事であれ、こそこそするのは嫌いです。

ステラ　どうぞ話してください。

看護婦　（リコンダに向かって）モーリス様が時々不眠に悩まされていたのは多分ご存じでしょうね。ハーヴェスター先生は何種類かの睡眠薬を処方しましたが、中でクロラインが一番だと気付きました。先生、そうでしたね？

ハーヴェスター　その通り。クロラインというのは錠剤になった新薬です。以前よく使っていた液体クロラルより使い勝手がいいのです。ただ睡眠薬に頼る危険を患者に説明し、僕か看護婦の許可なしに飲まないように注意しておきました。

看護婦　モーリス様は許可なしでは決してお飲みになりませんでした。

ハーヴェスター　僕もそう思う。モーリス君は分別のある男で、僕の注意をよく聞いてくれました。自制心のある人でした。

看護婦　昨夜私にどういう指示を与えたかリコンダ少佐に話してくださいませんか？

ハーヴェスター　彼は気が立っていました。そこで看護婦に一錠用意しておくように言い、患者には夜目が覚めた場合に飲むように言いました。三十分かそこいらうとうとして目が覚め、それから寝付かれないと思ったのです。

看護婦 一錠水に溶かして枕元に置いておきました。薬瓶に五錠しかないと気付き、注文しておこうと思いました。今朝薬瓶は空になっていました。

ステラ （困惑して）奇妙だわ。

看護婦 奇妙ですとも！

ハーヴェスター 空なのにどうして気付いた？

看護婦 片付けていた時に気付きました。薬とか包帯とかみな片付けたほうがよいと思ったのです。

ステラ （医師に）五錠は致死量ですか？

看護婦 六錠です。枕元に一錠水に溶かしておいてありました。

ハーヴェスター そうです。それで致死量として充分です。

ステラ 信じられないわ！　錠剤は誰かが自分で使うので取ったのじゃあないかしら。

コリン 昨夜瓶に五錠あったというのは絶対間違いないのかな？

看護婦 絶対確かです。もし誰かが錠剤を自分用にと取ったとすれば私が出て行った後のことになります。

ステラ でも看護婦さんが出て行った後モーリスの寝室に入ったのは私だけです。私はお休みをいうので入りました。

リコンダ　その後誰も入って行かなかったとどうして断定できます？

ステラ　だって誰もいないでしょ？　この家にはコリンとお母様しかいないのですもの。

リコンダ　（タブレット夫人に）あなたは私が帰った時、自室に引き上げて行かれましたね。

タブレット夫人　とても疲れていたのです。（かすかに微笑んで）コリンとステラと先生がベイコン・サンドイッチを召し上がっている間待っていることもないと思いましたのよ。

リコンダ　コリン君、君は昨夜はモーリス君の寝室に入らなかったでしょ？

コリン　もちろんです。僕は寝るのに睡眠薬はいりませんから。

ステラ　看護婦さん、私が睡眠薬を取ったと思っているのじゃないでしょうね？

ハーヴェスター　もし取ったとしても、少なくとも四錠は残っている筈ですよ。真夜中に二十五グレインのクロラインを飲んだら、今立っていられるわけがないですからね。

看護婦　とにかく、昨晩五錠消えたという事実は否定できません。

ハーヴェスター　面倒を起そうという何者かによって取られたという可能性はある。

看護婦　私のことですか、先生？　面倒起して、どういう得が私にあるというのです？

どうしてそんな愚かな考えが頭に浮かんだのか理解に苦しみますわ。病理解剖しても何も発見できないと承知しているのならば――悪意で錠剤を取ったとすれば承知しているはずですから――どうして解剖を提案したりするでしょうか？

コリン　今朝になってから誰かに取られたという可能性はないかな？

リコンダ　誰が？

コリン　例えばメードとか。

リコンダ　クロラインはよく知られた薬ではないのです。メードが名前を聞いたことがあるとは思えません。アスピリンとかヴェロナルとは違いますから。

ハーヴェスター　さあ、その点はいかがでしょうかね。新聞に色んな事件がでていました。メードが眠れないときに睡眠薬を飲む習慣になっていないと断定するのは問題ですよ。

ステラ　あら、すぐ確かめられますよ。モーリスの寝室を掃除するのはアリスですから、呼んで聞いてみましょう。

看護婦　その必要はありません。アリスは部屋に入って行くのを怖がっていました。それなら入らなくていい、私が掃除して片付けるからと言いました。アリスが今朝は部屋に入っていないのは確実です。

ステラ　お母様、どうしたものでしょうか？

タブレット夫人　あなたが適切だと思うことをなされればいいわ。

リコンダ　（医師に）モーリス君がクロライン中毒で亡くなったという可能性はありうるのでしょうか？

ハーヴェスター　死因は自然死だということで僕は納得していると申し上げました。

リコンダ　それを訊いているのではありませんよ。

ハーヴェスター　なるほど。はい、無論可能性はありますよ。でも僕は一瞬たりともそんなことは信じませんがね。

看護婦　奥様、こんなことになってお悲しみが深まるのは存じています。どんなに申し訳なく思っていることでしょう。随分親切にしていただいたのに、お悩みを増すことでお返しするなんて、ひどい話です。

タブレット夫人　あなたが、自分が正しいと思うこと以外には言ったりしたりしない人だと分っていますよ。

ステラ　すっかり頭が混乱してしまいました。ひどいショックです。（看護婦に）モーリスが睡眠薬の飲みすぎで死んだと本当に思うのですか？

看護婦　（相手の目を見据えながら非常にゆっくりと）そう思います。

ステラ　ひどいことだわ。

看護婦　（まだ相手を見詰めたまま）申し上げておきますが、錠剤が消えているのに気付いたとき、一錠溶かしたグラスを覗いてみました。底にデザートスプーン一杯ほどの液体が残っていました。しまっておきましたから、分析するように提案します。

タブレット夫人　（一寸からかうように）看護婦さん、あなた看護婦にはもったいないわね。探偵の素質があるかもね。

リコンダ　しかし六錠を溶かした水薬はとても飲みにくいのではないかな？

ハーヴェスター　まあ苦いでしょう。でも一気に飲み干せば、飲んでしまうまでは苦味にほとんど気付かないでしょう。

ステラ　状況証拠は充分なようですね。看護婦さんの言い分が正しいという可能性は高いかもしれないと思い始めましたわ。

コリン　しかし、一体誰がモーリスを殺害しようなんて思うだろうか？　殺人なんて問題外だ！

ステラ　無論そうよ。そんなことを考えていたんじゃないの。誰かが意図的にモーリスに致死量の睡眠薬を与えたなんて、看護婦さんが本気で考えている筈ないわ。でも、モーリスはもしかすると自分で飲んだかもしれないと考えたのです。

ハーヴェスター　自殺？
ステラ　（悲しそうに）昨夜の彼はいつもと違いました。とっても奇妙でした。あれほど神経がぴりぴりしているところは見たことがありませんでした。
リコンダ　思い当たる理由は？
ステラ　（一瞬躊躇してから）思い当たることはあります。昨夜は『トリスタン』を観に行きました。婚約した夜も一緒に観たのです。過去を思い出して気持が動転したのでしょう。
リコンダ　自殺を仄めかすような発言は？
ステラ　それはありません。
リコンダ　以前にはありましたか？
ステラ　一度もありません。自殺なんてあの人考えたこともなかったでしょう。
リコンダ　昨夜彼が動転していたとどうして思うのですか？
ステラ　（感極まったように）今まで一度もしたことのないことをしたのです。とても可哀想でした。泣いたのです。私の腕のなかで泣いたのです。
看護婦　どうして泣いたのです？
ステラ　（我慢しきれず）看護婦さん、いい加減にしてよ。お話しできないこともありますよ。夫と私の間で交わされたことは夫婦間の秘密です。私たち以外の誰にも関係ないのよ。

看護婦　失礼しました。隠さずに話すのがご自分のためだと思ったものですから。

ステラ　どういう意味？　私が何か隠していると非難しているの？

看護婦　どなたのことも非難などしていません。

リコンダ　答えるのが苦痛であるようなことを訊くつもりはありません。でもこういうことがあるのです。看護婦さんの言い分に多少とも真実があれば死因審問があることになります。ご主人が自殺を考えていたことを示唆するような発言をしたかどうか、検死官はきっと尋ねるでしょう。

ステラ　（深い溜息をもらしながら）事故の時すぐ死んでいればよかったと言いました。でも彼が考えていたのは自分でなく私のことでした。

リコンダ　それは重要な発言です。

ステラ　ねえ看護婦さん。どうかつらく当たらないでください。あなたにきついことを言ったからというので仕返ししないでください。私、今日は神経がぴりぴりしています。だって、当然でしょ？　もし夫が過度に睡眠薬を飲んだとしたら、それについて沈黙するのを良心に背かないと考えていただけないかしら？　モーリスは前途に希望を持っていなかったのです。私たちを病理解剖だの死因審問というような恐ろしい目に遭わせないでくださらない?

リコンダ　問題はハーヴェスター医師がまだ死亡診断書に署名する気がおありかどうか、ということだな。

ハーヴェスター　看護婦が錠剤について間違っていたことが充分あると思います。診断書に署名して悪いわけはない。

看護婦　（ゆっくりと）でも私はモーリス様が自殺なさったのではないと確信しています。

リコンダ　根拠は?

看護婦　そうですね。例えば、モーリス様が飲まれたコップの底に少量の液体がまだ残っていました。デザートスプーンほどです。さっきこのことは申し上げましたね。液体が分析されるようにとってあります。

リコンダ　そうだった。

看護婦　人が自殺する気があれば液体全体を一のみか二のみで飲み干すものです。底に少量残して失敗するような危険は冒さぬものです。とりわけモーリス様のような方がそんなことはなさいません。

コリン　そんなの理由にならないよ。

リコンダ　些細な点に思える。

コリン　それにまだ分析していないしね。

リコンダ　根拠というのはそれだけなのかな？

看護婦　違います。モーリス様はご立派で私にお断りにならずに睡眠薬をお飲みになるとは思いませんでしたが、それでも、睡眠薬は習慣になりがちでして、どんな患者についても絶対大丈夫ということはありません。先生、そうでしたね？

ハーヴェスター　そうだね。

看護婦　モーリス様はときどきひどく気落ちしていらっしゃいました。そこで、ご自分で命を絶たれる手段を手の届く範囲に置くのは賢明でないと思いました。

ステラ　私は主人が気落ちしているところを一度も見ていないわ。

看護婦　（苦々しく）存じています。若奥様は何もご覧にならなかったのです。

ステラ　看護婦さん、私が一体あなたに何をしたというのです？　どうして私にそんな口をきくのです？　私への憎悪であなたの顔は歪んでいますわ。理解できません。

看護婦　できませんか。

（二人の女性はしばらく睨み合っているが、やがてステラは一寸身震いして、視線を逸らす）

ステラ　あなたのことが怖くなったわ。この家で五年間も一緒にいたんだけど、一体あなたはどういう人なの？

タブレット夫人　（宥めるように）ステラ、怖がることなどありませんよ。気が立っているのよ。

看護婦　（ステラに）若奥様がいらっしゃるところで常に冗談いったり笑ったりされていたからというので、モーリス様が暗い悲惨さに圧倒される瞬間があると思い浮かばなかったのですか？

ステラ　（深い同情をこめて）可哀想に、あの人、どうして私に隠したのかしら？

看護婦　（激しい口調になるのを抑えながら）モーリス様の願いはご自分の苦しみをあなたにとって耐えやすくするということでした。どんなに苦痛があっても、あなたが哀れまないで済むようにというので、隠していらした。

ステラ　あなたがそんなことを言うなんて、ひどいわ。まるで私が彼に意地悪だったみたいじゃありませんか！

看護婦　（怒りがこみ上げてきて）あなたには何でも隠したのです。あなたがいらっしゃる時は、薬瓶も包帯も隠さねばなりませんでした。どこも悪いところはないとあなたが思うようにするためです。

ステラ　看護婦さんがしたことを、私だって喜んでしたところです。でも、病気の不快な面に私を関与させたくないというのが彼の切なる希望でした。

タブレット夫人　看護婦さん、その通りなんですよ。ステラがモーリスのために全力で尽くさなかったと思っているみたいだけど、それは残念ね。モーリスの母として私もあなたと同じくらい判断する資格があるでしょ？　私はステラが献身的に息子に尽くしてくれたのにとても感心していますよ。

ステラ　まあ、お母様！

タブレット夫人　これは私が以前から思っていることなんですけど、人を援助する場合、その人が希望するように援助してあげるのが一番よいと思うのです。こういうように援助されるべきだと他人が勝手に考える仕方でなく、ということね。例えば私の場合、誰かが私の欲しがっている化粧ポーチを下さったほうが、私の欲しくないショールを年取っていて寒いだろうからというので頂くより嬉しいわ。

リコンダ　看護婦さん、一理あると思わないかな？

タブレット夫人　ステラはモーリスにからかわれたら同じ調子で言い返し、彼が笑ったら一緒に笑うというのが、モーリスにとって一番嬉しかったと思いますよ。

看護婦　私は給料を頂いて働く看護婦以外の何者でもありませんでした。モーリス様は絶望など一切私には隠そうとなさいませんでした。私には何についても振りをしなければならぬことはなかったのです。私に対しては滑稽なことをおっしゃったり、上機嫌の振りをなさったりする必要はなかったのです。どんなに不機嫌にしても、私なら構わないと思われたのです。私と口論され、感情を害したらごめんとおっしゃいましたが、私が感情を害するようなことはありえないとご存じでした。若奥様を笑わせるため、モーリス様は、道化よろしく、顔に白粉を塗り、鼻を赤くし、輪の中に飛び込みました。若奥様は道化の白い仮面しかご覧にならなかった。私は苦しみ悶える、時に勝ち誇った、裸の魂を見たのです。

ステラ　（看護婦がモーリスを愛していたという事実が分りかけてきて）看護婦さん、一体何を言うの？

看護婦　ようやく真実を申しているのです。

ステラ　それがどんなに奇妙な真実だか、自分では分っているかしら？

リコンダ　でも看護婦さん、君の発言だとモーリス君は自殺を考えたほどの絶望感に時々襲われたということになるのじゃないかな？　昨夜の彼はとりわけ神経が立っていたそうじゃないか。もし病死でないとするのなら、自殺の可能性が随分高いと考えてよさそうじゃないか。

看護婦　私が警戒していたのは正にそういうことでした。クロラインは浴室の上の棚に置いておきましたから、モーリス様には取れなかったのです。私が取るときも椅子の上に立たねばなりませんでした。

リコンダ　人間っていうのは、是が非でもやろうと決心した場合、他の者が無理と思うことでも実行できることが多いものだ。

看護婦　寝室を移動し、浴室に入り、椅子の上に立つことがモーリス様に可能だったかどうか、ハーヴェスター先生にお尋ねください。

ハーヴェスター　下半身にはまったく力がなかったです。背中は事故のため損傷しているし、脊髄の負傷も重傷でしたから。

リコンダ　浴室まで這っていくことも不可能でしたか？

ハーヴェスター　非常に無理すれば可能だったかもしれません。

看護婦　椅子の上で立つことはどうでしょう？

ハーヴェスター　それは絶対に無理だな。

リコンダ　もし浴室に入れたとしたら、棒か何かを用いて薬瓶を取ることは出来なかったでしょうかね？

ハーヴェスター　ひょっとすると出来たかもしれない。

看護婦　先生、どうしてそんなことをおっしゃるのです？　一人で起き上がることなど絶対に出来なかったのに！

ハーヴェスター　君のように全てを悪い方に解釈するのに熱心じゃないからな。

看護婦　じゃあ、瓶を取ることが出来たとして、元の場所にどうやって上げることができたのでしょうか？

ハーヴェスター　（いらいらして）何と言っても、モーリス君が睡眠薬の飲みすぎで亡くなったと、まだ分っていないじゃないか。

リコンダ　先生、このままにしておくわけにはいきません。いやでも病理解剖が必要になりましょう。

ハーヴェスター　そうですね。僕も死亡診断書に署名をするわけにはいかなくなりました。検死官に連絡しなくてはなりません。

看護婦　申し訳ないと思います。

ハーヴェスター　無論、そう思ってもらいたいね。スキャンダルに巻き込まれたくないと望む僕を身勝手な男だと思うだろうな。大金をはたいて医院を開業し、七年かけてここまで築き上げたのに、これでぶち壊しだと思うと、大笑いでもするしかないのだろうな。

リコンダ　いやあ、それほど悲観されることはないのでは？　取調べが遺族にとってどんなに苦痛であるにせよ、担当医にまで影響するでしょうかね。前途に希望のない病人が睡眠薬を飲みすぎるというのはそう珍しい話ではないから、スキャンダルにはならんでしょう。

ハーヴェスター　それは、そうですがね。

リコンダ　不治の病に冒され、無駄な苦しみに耐えるより自殺を選ぶ人に対して敬意を持つ人が多数います。自分にも周囲の家族にも思いやりがあると言えましょう。

看護婦　たとえモーリス様がクロラインの過剰摂取で亡くなったとしても、ご自分で飲まれた筈がありえないのは、先生も私同様にご存じです。死因はたった一つしかありえません。皆様もご存じですね。殺人です。

ハーヴェスター　だからこそ、自然死だと絶対に確信しているのだ。錠剤が消えたのは何故だか理由は分りませんが、何か説明があるでしょう。

コリン　看護婦さんが勘違いしたという説明が一番ありうると思う。もし誰かが半ダースの錠剤を取ったとしたら、露見しないように、アスピリンか塩素酸カリウムか何かの錠剤を入れておくと考えるのが理屈にあっていると思うな。

看護婦　全てを考慮することは誰にもできないのです。殺人犯が何かしらミスを犯すからこそ捕まるのです。

ハーヴェスター　でもねえ、いいかね、動機なしに人を殺す者はいないぞ。しかしモーリスが死ねばいいと思う理由を誰も持たなかったじゃないか！

看護婦　どうしてそれが分ります？

ハーヴェスター　これは驚いたな。二プラス二は四だとどうして分るかっていうのか！誰も彼もモーリス君に献身的だったじゃないか。むろん、当然だがね。彼は世界中で一番の男だったから。

看護婦　若奥様が妊娠しているのをご存じでしたか？

ステラ　（はっと息を飲んで）ひどい人！

コリン　（仰天して）何だって！

看護婦　昨夜もう一寸で気絶なさった時、そうではないかと疑ったのですが。今朝になって確信しました。

ステラ　どういう意味？　あなた私がモーリスを殺害したというの？

リコンダ　（深刻な口調で）ステラさん、看護婦さんが言うのは真実ですか？

（間がある。ステラは無言。目に苦悩が浮かぶ。メードのアリスが元気よく登場し、日常

的な話題でその場の緊張を解く）

アリス　昼食は後になさいますか？

タブレット夫人　あら、一時になったの？　いいえ、すぐ出してください。

コリン　お母さん、昼食など今は無理です。

タブレット夫人　いただきましょうよ。（アリスに）リコンダ少佐とハーヴェスター先生のための二人分も追加して頂戴。

アリス　畏まりました。

（アリス退場）

コリン　お母さん、無理ですよ。何事もなかったように食卓に一緒に座るなんて！

タブレット夫人　私はそうするのが良いと思います。これからお互いに言うことが沢山あるでしょう。三十分ばかり無関係なことをお喋りしても悪くないでしょ？

ステラ　私には出来ません、無理です。この部屋にいさせてください。

タブレット夫人　（断固として）いいえ、さあ一緒に食堂に行きましょう。

ハーヴェスター　僕は家に急いで戻らねばなりません。家で軽く済ませてすぐまたここへきます。

タブレット夫人　結構ですよ。

リコンダ　食事の面倒までかけては申し訳ないですなあ。

タブレット夫人　（苦笑いして）とにかく食べなくてはね。看護婦さん、一緒にいかが？

看護婦　結構です。

タブレット夫人　あなたのお部屋に少し運ばせておきましょう。

看護婦　何も要りません。

タブレット夫人　見れば気持が変るかもしれませんよ。

（アリス登場）

アリス　お食事が整いました。

タブレット夫人　（ステラの手を握って）さあ、行きましょう。

第二幕終わる

第三幕

場面は前の幕と同じ。

半時間が経過。

ステラは窓辺に立って庭を眺めている。コリンがホールから入ってくる。ステラは振り向く。

コリン　ステラ。

ステラ　もう終わったの？

コリン　大体ね。お母さんにステラの様子を見に行きたいと断って席を立ってきたのだよ。

ステラ　私は大丈夫よ。

コリン　まるで何事もなかったようにあそこで座っているのは苦痛だった。あんな茶番をやらせるなんてお母さんはどういうつもりだったんだろう？

ステラ　（肩をすくめて）賢いお考えだったのじゃないかしら？　召使がいれば誰も口を閉ざすしかないじゃないの。全員が落着く機会を与えられたということね。

コリン　君は一口も食べなかったね。

ステラ　（微笑を浮かべて）あなたが二人分召し上がったじゃないの。

コリン　がつがつ食べて、けしからんと思った？

ステラ　いいえ、気分が癒されたわ。あなたがラムとグリーンピースをどんどん食べてゆくのを見ていると、この悪夢がすべてではないと気付いたから。世の中はいつもと変らず動いている。私たちがこの家でどんなに苦悩していても、バスはピカデリー通りを走っているし、列車はパディントン駅で発車したり到着したりしているのね。

コリン　ねえ、本当？

ステラ　本当って、何が？

コリン　あの女が言ったことさ。

ステラ　赤ちゃんのこと？　本当だろうと思うわ。ええ、本当よ。

コリン　そうなの！

ステラ　はっきりしなかったの。もしかしたらと思った。もしかすると杞憂かとも思ったの。はっきりしたのはごく最近よ。

コリン　どうして僕に言わなかったの？

ステラ　言いたくなかったから。

コリン　何も言わないつもりだったの？　知らせずに旅立たせる気だったの？

ステラ　あなたのグアテマラへの出発までたった一ヵ月しかなかったじゃないの。故郷での あなたの最後の数週間を台無しにしたくなかったし。私が心配したからって、あなた まで巻き込む理由はないと思ったの。

コリン　でもどうするつもりだったの？

ステラ　さあ、分らない。何か解決策はないかと探していたけど、あなたがいなくなって からの方が見つけやすいと思ったわ。とにかくあなたを巻き込みたくなかったのね。

コリン　どうして？

ステラ　愛しているから、という以外には何故だか分らない。

コリン　悩みを分かち合うために僕がいるじゃないか！

ステラ　男の人に赤ちゃんが出来たと告げるときね、女ってたわいないもので、自分にと ってとても大事な瞬間のように思うのよ。幸福でもあり同時に怖いような気持なの。大 事にして欲しいの。でもあなたが誇りや喜びを示すとは望めなかったでしょう？　うろたえるだけだったでしょう?

コリン　ああ、可愛い人、僕がどんなに心から愛しているのか分らないのかい?

ステラ　言わないで! 心が乱れることを言わないで! 今は感情的になりたくないのよ。話し合わなければならないのなら、出来るだけ冷静に話し合ったほうがいいでしょ。

コリン　あの看護婦はこれから何を言い出すのだろうか?

ステラ　さあ分らないわ。どうでもいい……あら、どうしてこんなこと言ったのか分らないわ。だって死ぬほど怖がっているんだもの。

コリン　気をしっかり持たなくてはね。

ステラ　ねえコリン、どんな事態になっても私の味方をしてくれるわね?

コリン　ああ、誓うよ。

(ハーヴェスター医師、庭から登場)

ハーヴェスター　もう昼食を済まされましたか!

ステラ　(無理に微笑しながら) 私って食べる振りをするのが下手なものですから。少しの間ひとりになりたくなってここへ来ました。

コリン　母とリコンダ少佐はすぐここに来ると思います。さっき出てきたとき、コーヒーを飲んでいましたから。

ハーヴェスター　看護婦はどこでしょう？　彼女とふたりだけで話したいと思って、早く戻ったのです。

ステラ　コリンが連れてきてくれますわ。あの人は自室で食事したようです。

コリン　呼んでくる。

（コリン退場）

ハーヴェスター　この件が穏便に運ぶといいと思っていますよ。

ステラ　でもそうは行かないように見えますわね。

ハーヴェスター　驚きましたな。冷静でいらっしゃる！

ステラ　地面が足下で割れ、天が落下してくるような時は、怯えた雌鶏みたいに走り回っても仕方がありませんもの。

ハーヴェスター　ちょっとアドバイスを差し上げてもいいですか？

ステラ　（皮肉っぽく）歓迎しますわ。でも受け入れる可能性は低いかもしれませんわ。
ハーヴェスター　まあ、聞いてください。僕があなただったら、看護婦を怒らせるようなことを言わぬように極力注意しますね。
ステラ　今よりもっと不愉快なことを言いだすなんてことがあるでしょうか？
ハーヴェスター　あるんじゃないですか？　だからこそ彼女と二人だけで話そうと思ったのですよ。いやあ根は悪い人じゃないんですよ。半時間ほど落着くことが出来たのですから、物分りよくなってもいいところです。
ステラ　私が先生だったらそんな期待はしないでしょう。
ハーヴェスター　看護婦が大騒ぎしてどういう得があるのか、僕にはさっぱり分りませんな。
ステラ　あの人は良心的な人ですし、私への憎しみを義務だと取り違えているのです。
ハーヴェスター　良心的な人というのは扱いにくいですな。
ステラ　（にっこりして）大勢はいませんから、そういう人のお陰で他の者が迷惑を蒙る場合など、滅多にありませんけれど。
ハーヴェスター　看護婦は間違いなくあなたに悪意を抱いてしまいましたね。
ステラ　先生、ちょっと教えていただきたいのですが。

ハーヴェスター　何でしょうか？　私に分ることでしたら。
ステラ　夫が気付いたということがありましょうか？　つまり私の妊娠に？
ハーヴェスター　いやあ、気付かなかったでしょう。
ステラ　それならどんなに嬉しいことでしょう！　私が面目をなくして恥じ入ることのないようにしようと、そのために自殺したのだとしたら、とても耐えられませんもの。モーリスはそういうことをやりかねない人でしたわ。
ハーヴェスター　もしご主人がクロラインの過剰摂取で亡くなったとしても、ご自分で飲むことは出来なかったと思います。
ステラ　一体全体、誰かが飲ませたなんていうことがありうるのでしょうか？
ハーヴェスター　それは問題ですね。
ステラ　突飛な狂おしい考えが次々に頭に浮かんでくるのですが、どれも信じられないものばかりなんです。
ハーヴェスター　お察ししますよ。
ステラ　あの嫌な女はどうして悲しみと一人で向き合う機会を私に一瞬も与えてくれないのでしょう？　私の心は悲しみでいっぱいです。自分を激しく責めています。とっても恥じています。先生はモーリスの昔の姿をご存じありませんね。それはそれは格好のいい男でした。この恐ろしい事が始まる前、私は夫の部屋にいて、彼のためにも私のためにも泣きました。以前私が彼に抱いていた強い愛ゆえに泣きました。ああ、死というのは何て残酷なものなのでしょう！

ハーヴェスター　分ります。医者という職業柄何度も死と接しましたが、いつも同じ幻滅感に襲われますな。死は決定的な終焉です。

ステラ　私には最後だと信じられません。もしそうだとしたら、余りに不公平です。夫が信じていたこと——人が生まれ変るということ——が真実であってはいけないのでしょうか？　こんなことを言ったら、私を愚かで子供じみているとお思いかしら？　モーリスの勇敢な魂が生まれてくる私の子供の中に入って、その子供の内部で彼が、私の犯した罪を許して、彼に当然与えられていた命を全うするという神秘的な感情を覚えるのです。

ハーヴェスター　あることが真実だと充分に信じさえすれば、それが真実になるのだと説く人もいますね。そういうことは僕の理解力の及ばぬところです。

（ドアがあいてコリンが登場し、すぐ後から看護婦も登場）

コリン　さあ看護婦さんが来ましたよ。
ステラ　看護婦さん、ハーヴェスター先生がお話があるそうよ。コリンと私は庭に出ます。
看護婦　それはご親切様。でも私は先生個人にお話しすることはありませんし、先生のおっしゃることで、他の方が聞いてはならないようなことに耳を貸す気はありません。陰でこそこそするのは嫌です。
ハーヴェスター　陰でこそこそするような事を頼むつもりはない。
看護婦　ハーヴェスター先生がおっしゃりたいことはよく分っているつもりです。この一家の皆さんが私に対してとても親切で気前がよかったと指摘されるのでしょう。さらに一段と親切で気前よくしようと思っていると説くのでしょう。もし私が中傷的な申し立てを行えば、あらゆる種類の不愉快な目にあい、再就職の口を探すのが困難になる。一方、私が口を閉ざせば、日本に旅行できて楽しい時間を持てる。そういうことでしょ？私の答は、お断りします、です。
ステラ　（冷静に）はっきりしていますね。
ハーヴェスター　それでも五分間くらい僕の言い分に耳を傾けても害はないと思うな。
ステラ　今度は私が態度をはっきりさせます。私のために看護婦さんに何かを嘆願するのは止めていただきます。

コリン 母と少佐がくる足音がする。

ハーヴェスター ではもう手遅れだ。

（コリンが戸口にゆき二人のためにドアを開く。タブレット夫人とリコンダ少佐登場）

タブレット夫人 お待たせしたかしら？ 看護婦さん、必要なものは部屋に運ばせたつもりだけど、いかがでした？

看護婦 有難うございます、何もかも揃っていました。

タブレット夫人 お掛けになったら。疲れても何にもならないわ。

看護婦 （座りながら）有難うございます。

タブレット夫人 皆さんで話し合ったの？

ハーヴェスター 僕はたった今来たところです。

タブレット夫人 一家の運命は看護婦さんの掌中にあるようね。看護婦さん、どうするか決めましたか？

看護婦 奥様、義務だと考えることをしなければなりません。

タブレット夫人　もちろんね。人は皆義務を果たすべきです。でも、多くの場合、義務を果たすのは、同時に他人への嫌がらせができることになるわね。さもなかったら、義務の遂行はよほど難しいでしょうね。

看護婦　奥様、昼食の直前にリコンダ少佐が若奥様に質問をされました。若奥様はまだお答えになっていません。

リコンダ　（ステラに）私のことを差し出がましいと思ったでしょうな。看護婦さんがあなたが妊娠していると言い、私がそれは本当ですかと尋ねました。

ステラ　本当です。

リコンダ　（狼狽しながら）困った立場に追い込まれましたな。他人の私事に首を突っ込んでしまったようです。

ステラ　リコンダ様、あなたが親切心しかお持ちでないのはよく存じています。お母様のことは昔からご存じだし、コリンとモーリスを幼い子供のときからよく知っていらっしゃる方ですもの。

リコンダ　それでも、心に必然的に浮かんでくる質問をするのがどんなに困難か分っていただきたい。

ステラ　お尋ねがなくてもお答えします。モーリスが生まれてくる子の父であるのは全くありえないことです。事故以来彼は名前だけの夫でしたから。

コリン　（ステラに近寄り肩に手を回して）リコンダ少佐、僕が父親です。

看護婦　（仰天して）あなたが！

タブレット夫人　（皮肉な口調で）あら、コリンとステラが恋仲であるのをあなたの鋭い目が見逃したの？

ステラ　（ぎょっとしたように喘ぎながら）お母様はご存じでしたの！

タブレット夫人　年寄りは加齢のせいで愚かにはなりますが、最近の若者は実際以上に年寄りが愚かなものだと思いがちのようね。

ステラ　お母様、私をどんな女だとお思いになっていることか！

タブレット夫人　（無表情に）それがそんなに気になるかしら？

ステラ　自分を恥じるべきなのでしょうね。でも嘘は言いたくありません。感じていない後悔を装うのは嫌です。私がコリンを愛するのをやめないのは、雨が降り、樹木が芽を出すのと同じです。コリンが与えてくれた子供を誇りに思っています。

看護婦　何て恥知らずなんでしょう！

ステラ　（タブレット夫人に）でもお母様は私がモーリスを裏切ったとお考えになる権利があります。彼は痛みを超えた世界にいますが、私がお母様に苦痛をお与えしたのをお許しください。弁解の余地はありません。

タブレット夫人　昨夜あなたに言ったこと覚えているでしょ？　あなたがモーリスにしてくれた全てにお礼を言いましたね。いい加減なことを言ったのではありません。あの時、あなたが妊娠していてコリンが父親だと私は知っていたのですよ。

コリン　お母さん、僕は自分を責めています。

ステラ　そんなことしてはいけないわ。（タブレット夫人に）女というものは、もし男に言い寄られたくなければ、容易に止めさせることができます。同じ屋根の下で何ヵ月もの間近くで暮らしていたからといって、コリンが私を姉以外の者として見るようになる理由はないのです。私が恥知らずだったのです。彼が言い寄ってくるのを歓迎したのですから。私が愛するようにしむけたのです。

コリン　ステラ、君を愛するのを止めることとなんてどうして出来ただろう？　そのことで僕は自分を責めてはいない。僕が責めているのは、君を愛していると気付いたとき、出て行かなかったことだ。

タブレット夫人　その時はもう遅すぎたっていうことかしら？

コリン　お母さん、覚えているかな？　インドで僕らが幼かった頃、前世の生活を覚えている子供のことが良く話題になったでしょ？　その子たちは村のお偉方を覚えていたし、昔自分のものだった品物を見分けたし、覚えていなければ行けない場所に迷わずに行けた。僕がステラを恋した時、それと同じように感じたのですよ。ずっと以前から愛していたような感じで、彼女の愛は僕にとって故郷(ふるさと)のようなものだったのです。

ステラ お母様、私のことをどう思われようと、私の行為をどれほど怪しからぬと思われようと、私が浮気心でコリンを愛したのでないのは信じてください。私は全身全霊で彼を愛したのです。

タブレット夫人 信じています。彼があなたを愛するように仕向けたって言ったでしょ。あなたが彼を深く愛していなければ、そうは言わないわ。相思相愛という奇跡が起きたなんて、あなたには信じられなかったのよ。本当の恋愛は自信のないものです。人は恋愛については確信が持てないのです。確信が持てるのは親子間などの愛情だけです。

ステラ 私を襲った狂気に抵抗しなかったと思っていただいては困ります。モーリスが与えてくれた献身的な愛に応える唯一のお返しは彼に貞節を尽くすことだと自分に言い聞かせました。

タブレット夫人 そうでしょうとも。

ステラ モーリスは寝たきりの病人で、予想もしなかった災難の犠牲者であり、そういう夫を裏切るなんて私は悪人だと自分に言い聞かせました。コリンを追い払おうとしました。彼にすげなくし、失礼な態度を取り、皮肉を言いました。それから彼の目に浮かぶ暗黙の惨めさが私の決意をくじきました。彼に出て行くように言う以外のあらゆることをしました。出て行けとだけは言えませんでした。言わないのはお母様とモーリスのためだと自分を偽りました。お母様はコリンにずっと会っていなかったし、モーリスは弟の帰宅をそれは喜んでいましたから。

タブレット夫人　私がコリンにずっと会っていなかったのはその通りね。それにモーリスはコリンが戻ったのをとても喜んでいたわ。

看護婦　（いらいらして）奥様、お気持が分りません。わざわざ若奥様のために言い訳を探してあげているようですわ。コリン様との関係が進展していると分っていらしたのにどうしてそれを止めなかったのですか？

タブレット夫人　看護婦さん、あなたをびっくりさせることを言うかもしれないわよ。できるだけ上品に言うつもりですけど、イギリス人は偽善と気取りによってこういう話題を下品にしてしまったのです。いいですか、ステラは若く健康で正常ですね？　だから彼女の年齢のとき私が持っていた本能を持たないなんてどうして想像できましょう。性本能は食欲と同様に正常なものであり、睡眠と同様に差し迫ったものです。どうして彼女がその満足を奪われていいのでしょうか？

看護婦　（嫌悪のために体を震わせながら）今の時代はセックスに取り付かれているみたいです。他に何もないのでしょうか？　結局、答は食べなくては生きられない、寝なければ生きられない、ということです。でも性欲の満足なしでも生きられます！

ハーヴェスター　ノイローゼ、いらいら、不健康な感情などの犠牲を払うじゃないか！

タブレット夫人　モーリスの事故で彼とステラがもう男と女として生活できなくなった時、ステラがそんな偽りの関係を保持できるだろうかと考えました。二人は健康な若者として愛し合っていました。彼らの愛は深く情熱的なものでしたが、セックスに根ざしていました。時が経てば、その愛も精神的な面を持つようになったでしょう。共に耐えた人生の試練のお陰で思いやりや信頼が生まれ、それが衰え行く情熱の火に新しい輝きを与えたことでしょう。しかし二人にはその時間がなかったのです。

看護婦　（皮肉をこめてステラに）結婚してどれくらいでしたか？

ステラ　事故の一年前に結婚しました。

看護婦　一年も！　まるまる一年も！

タブレット夫人　モーリスの心には苦悩から妻に対して新しい愛が芽生えました。飢えた、しがみ付くような、頼り切った愛でした。そんな愛でいつまでステラが我慢してくれるかと私は不安でした。

看護婦 (苦々しそうに) 奥様が人間を信頼しているとは誰も言えませんね。

タブレット夫人 結構信頼していますよ。経験からこの程度なら無理でないというほどには信頼しています。ステラの哀れみの情は無限だと分っていました。

ステラ そうです、無限でしたわ。可哀想なモーリス。

タブレット夫人 哀れみが無限なので彼女はそれを愛だと勘違いしていました。私は、誤りに気付かなければいいがと願いました。モーリスにとってステラがこの世の全てでした。全てを意味したのです。最初モーリスの命を助けようと焦っていた頃は、楽でした。でも助かると分り、治ることのない慢性の病人になった時、私はとても恐ろしくなりました。モーリスが提供できる惨めな一生にステラが我慢できなくなる時がくるのを私は非常に恐れました。もしステラが出て行きたいと言い出したら、私には止める権利はないと感じたのです。しかしもし彼女が出て行けば、モーリスが死ぬのは明白でした。

ステラ 私は決して彼を置いて行くことなど考えてもみませんでした。

タブレット夫人 偽りの夫婦関係がステラの神経に障ってゆくのを見ました。相変らず親切で優しいのですが、努力した結果になってきたのです。花が香を与えるように自然にするのでなければ、人の行為に何の価値がありましょう?

看護婦　するのが容易なら行為が善であるという教えは聞いたことがありませんわ。

タブレット夫人　そうかもしれないけど、行為が難しいと、行為をしてもらう人より行為者にとって役立つと思います。受けるよりも与えるほうが祝福されるというじゃありませんか。

看護婦　奥様が理解できなくなりました。おっしゃることが不愉快で皮肉です。

タブレット夫人　それではこれから言うことはもっと不愉快で皮肉だと思うでしょうね。ステラが愛人を作ればいいとさえ願う気持が生まれてきたのです。

看護婦　（ぎょっとして）何ということをおっしゃるのです！

タブレット夫人　モーリスのそばに居てくれさえすれば、どんなことにも目をつぶろうと思ったのです。モーリスに対して、親切で思いやりがあり愛情深くさえしてくれれば、後はどうでも構わなかったのです。

看護婦　（絶望して）奥様を心から尊敬申し上げていましたのに！　素晴らしい方だと常に思っていました。自分が奥様の年齢になったら、奥様のような婦人になりたいと理想にしていたのです。

タブレット夫人　コリンがグアテマラから帰国し、しばらくしてから彼とステラが恋に落ちたのに気付いた時、私は避けられぬ結果を阻止するために何もしませんでした。モーリスにとってよかった、という気持しか心に浮かびませんでした。口に出して言うのは、我ながらショックでしたから、何も言いませんでしたが、そう思ったのですよ。これでステラはここに留まってくれる。憐憫とか親切とかよりも強い絆でこの家に結び付けられた、と思いました。

リコンダ　その二人を大きな危険に曝しているという反省はなかったのですか？

タブレット夫人　気にしませんでした。モーリスのことしか頭になかったのです。コリンとモーリスが子供だったときは、二人を同じように可愛がりました。でも事故以来というもの、私の頭にはモーリス以外の人の入る余地がなくなりました。あの子のためであれば、コリンとステラを犠牲にしても構わないと決心したのです。（ステラに申し訳ないという身振りをする）二人が許してくれればと願います。

ステラ　何も許すことなどある筈もありませんわ。

看護婦　ショックだったと申しても、お笑いになるだけでしょうね。でもしょうがありません。心底ショックを受けました。

タブレット夫人　そうだろうと思っていましたよ。

看護婦　奥様が下品なことを一度も考えたことのない方である、と命を賭して証言する気でいましたのに！　同じ屋根の下でご自分の息子の嫁が浮気をしていると思っただけでも、むかつかなかったのですか？

タブレット夫人　私はあまりむかつかない性質なのでしょうね。長い間外地で暮らしたので、自分の正邪の基準が唯一正しいものとは思わないのです。道徳が国によって異なるというのは今日ではみんな知っていますね。例えば、イギリスで正しいことがインドで間違いになることが山ほどあるでしょ……

リコンダ　その逆もありますな。

タブレット夫人　それだけでなく、同じ国、同じ時代にあっても、道徳は人によって異なるものだと私は思います。それが分らない人が多いけど。金持のための道徳と貧者のための道徳は違うのじゃないかしらね――まあ絶対そうだと確信はないけれど。でも若者の道徳と老人の道徳が違うのは確実だと思いますよ。性についての道徳を決めたのが、若い頃の情熱だの元気よさだのを忘れてしまった人々でなかったら、イギリス人の性の見方も随分変るのじゃないかしら。二人の若者が自然が与えた性欲に身を任せたとしても、そんなに悪いことだと思いますか？

看護婦　起こりうる結果についてお考えじゃなかったのですか？

タブレット夫人　赤ちゃんのことかしら？　その点はステラは根が無垢な人だという証拠ですよ。もしふしだらな女とか多情な女だったら、そうならぬように配慮したことでしょう。

看護婦　（皮肉に）モーリス様が丁度具合のよい時期に亡くなったので、若奥様は不都合な状況から逃れられたということは、お認めにならねばなりませんでしょう？

ステラ　看護婦さん、何てむごい、何て薄情なことを言うの！

リコンダ　（厳しく）看護婦さん、言葉に注意しなくちゃいけない。今の発言は法律上の告発に等しくなる。

看護婦　私は誰をも告発などしたくなかったのです。最初に申したのは、死亡状況に納得しないので、病理解剖が必要でしょうということだけでしたね。その発言は看護婦としての義務であり権利でもありました。ハーヴェスター先生、私は間違っていますか？

ハーヴェスター　間違ってはいない。

看護婦　先生が私をここまで追い込んだのですよ。モーリス様を殺害する動機を持ちうるかと詰問されました。自衛上、若奥様が夫の子でありえない子供を生むだろうと言わざるを得なかったのです。

ステラ　看護婦さん、あなたは義務、義務とおっしゃるわね。こんな騒ぎを起した動機が、私への強い憎悪以外のものだと確かに言える？

看護婦　（軽蔑したように）どうして憎んだりするでしょうか！　あなたには軽蔑しか感

じません。

ステラ　私を憎むのはあなたがモーリスを愛したからだわ。

看護婦　（激しい口調で）なんですって？　どういう意味ですか？　私を侮辱しているわ！　よくもそんなことが言えたものだわ！

ステラ　（冷静に）尻尾を出したのはあなた自身よ。以前からあなたが、一般に看護婦が患者を好む以上にモーリスを好んでいるように感じていました。そのことでよく夫を冷かしたものだったわ。でもそれがもっと深刻なものだと気付いたのは今朝でした。今朝になってあなたの本心が全ての言葉にみえみえでした。そう、あなたはモーリスを気も狂わんばかりに愛したのです。

看護婦　（挑戦的に）そうであったとして、だから何だというのです？

ステラ　別に。ただ今度は私がショックを受ける番ね。ぞっとするし、胸がわるくなるわ！

看護婦　（激昂して）そうです、モーリス様を愛していました。あなたの愛が衰えて行くにつれて、私の愛は深まって行きました。あの方がとても無力で私に頼りきりだったので愛するようになりました。私の腕の中の子供のようでしたから愛したのです。決して愛を見せませんでした。そんなことをするくらいなら死んだほうがましでした。いくら隠していても、時にあの方が私の愛に気付いたらしいので、死ぬほど恥ずかしかったです。でもあの方は気付いても理解してくれ、私を気の毒がってくれました。いくら愛しても、愛してくれない相手を愛するのがどんなに辛いか、あの方は知っていました。私の愛はあの方には何の意味もありませんでした。あの方の心にはあなたへの愛以外のものが入る余地はなかった。でもあなたはあの方の愛に用はなかったのです。あの方はパンを求め、あなたは石ころを与えました。あなたは自分が親切で思いやりがあったと思っているようです。でも本当に愛していたのなら、あなたがあの方にしたことなどゼロに等しいと分る筈です。私ならあの方を幸福にするために何百もの方法を考え付いたでしょうが、あの方には無意味でした。一方、あなたは方法など考えるだけの愛を抱いていなかったのです。

ステラ　ウエイランドさん、さっき言ったことを許してください。あんなこと言って、愚かだったし、無礼でしたわ。どういう種類であれ愛には美しいものがあると思います。あなたがモーリスに与えた愛についてお礼を言わせてくださいませんか？

看護婦　（激しく）嫌です。お礼だなんて差し出がましい！

ステラ　そう、それは残念です。私がモーリスを愛さなかった、少なくとも女が男を愛するように愛さなかったのは本当よ。そのことに自分でも充分気付いていました。以前は自然に感じていた女としての愛をもう感じなくなった自分を何度も責めました。恩知らずで不親切だと思いました。彼はとっても親しい友人、とても気の毒な友人に過ぎなくなってしまいました。

看護婦　あの方は哀れみなんか望んだでしょうか？

ステラ　望んでいないのは分っていました。でも哀れみしか与えることが出来なかったのです。哀れみと愛は似ているなんて言った人がいたけど、哀れみと愛の間には大きな差があるわ。

看護婦　（腹立たしそうに）そう、汚いセックスの有る無しという差がありますね。

ステラ　あなたのモーリスへの愛にはセックスの要素が全然ないと思っているの？　正常でない歪んだセックスの要素があると感じたものだから、気持悪いので思わず身震いしたのよ。

看護婦　（食って掛かるような態度で）いいえ、いいえ。私のモーリス様への愛は神様への愛と同様に純粋で精神的なものでした。自分の利害など一かけらもないのです。思いやりとキリスト教的な慈愛でした。あの方にお仕えしお世話することを許されれば、それ以外は何も望みませんでした。あの方の痩せた手足を洗って拭き、髭剃りの時鏡を顔の前に支えることが、充分な報いでした。唇に触れたのも、亡くなって冷たくなってから初めてのことでした。今は私の人生を美しいものにしていた全てが失われてしまいました。あの方はあなたにとっては何だったのです？　お母様にとっては何だったのでしょう？　私にとっては友であり愛人であり神だったのです！　それなのにあなたは殺害してしまった。

ステラ　それは嘘よ！

看護婦　看護婦さん、君にそんなことを言う権利はない！

リコンダ　（我を忘れて）本当です！　リコンダ様も本当だと知っていらっしゃるくせに！

リコンダ　（いらいらして）そんなことは知らぬ。私が知っているのは、君がヒステリーを起して、根拠のないいろんなことを喚いているということだけだ。

ステラ　（寛大に肩をすくめて）私がモーリスを殺害などする筈がないのは、サーカスの綱渡りができないのと同じよ。私は彼を棄てることだってできたじゃありませんか。そうしたって誰も非難しなかったでしょうに。

看護婦　でも、そうしたらどうやって生活してゆけたでしょうか？　ご自身の財産もないのに。モーリス様が唯一の生活の手段だから、いつもご機嫌を損なわないように気をつけなくてはならないって、モーリス様に何度も言っていたじゃないですか！

ステラ　あんな面白くもない冗談を何度も言わなければよかったわね。私だって生活のために働くことは可能でした。

看護婦（軽蔑したように）あなたがですって！

ステラ　前から気付いていたんだけど、自分で働いて生計を立てている女性は一般に、そのことを奇跡みたいに考えていて、他の女性が同じように出来る知恵があるとは絶対に信じないのね。何も看護婦になる必要はないのよ。帽子を作るとか顔用のクリームを発明するとか、そんなことが出来たかもしれないわ。

看護婦　つまらぬ冗談を言っている場合でしょうか？

ステラ　それは分っていますよ。でも私がモーリスを殺害したなどとあなたが言いだしたのがいけないのですよ。

看護婦　生活のために働くということが分っているのですか？　どんなに疲れきっていても、仕事だからって継続することがしばしばあるのをご存じですか？　他の女性のように遊びに行きたいこともあるのをご存じですか？　あなたは、生まれてこのかた甘やかされ、ちやほやされ、大事にされてきたでしょ。それに赤ちゃんを産むところでしょ！どうやって働くことなど可能だったでしょうか？

コリン　看護婦さん、言いすぎじゃないか！　ここにいてステラが侮辱されるのを放って置くことはできない。いくら何でもひどすぎる。

ステラ　看護婦さん、私にはコリンがいるわ。私が生活に困るのを放って置く筈がないでしょ？

コリン　その通りだ。

看護婦　コリン様があなたと結婚することが出来る以前に、どういう目に遭わねばならなかったでしょうか？　まずモーリス様に真相が露見してしまう。それから離婚裁判所です。楽しい裁判ではなかったでしょうよ。

ステラ　ぞっとするような裁判だったでしょうよ。

看護婦　（コリンを指しながら）コリン様の愛がそれに耐えたと思うのですか？　あなたのお陰で不面目を蒙ったというので、あなたを憎まないと確信が持てるのですか？　男の方って、時に女以上に繊細で、スキャンダルを嫌います。

ステラ　私は女でも例外なのかしら、スキャンダルは大嫌いだわ。

看護婦　（最大限の侮蔑をこめて）そうでしょうねえ。私がここに立ってこんなことを話すのを許しているのもスキャンダルを回避しようという目論見からです。私を説得し、賄賂を渡して口を閉ざそうと思っているからでしょう。ここにいる男の方はあなたの味方でしょうに、どうして私を追い出さないのでしょう？　みんな私が怖いからだけじゃありませんか！　スキャンダルが怖いのです。そうではありませんか？

ステラ　多分そうでしょうよ。

看護婦　あなたはスキャンダルだけでなく、死刑も恐れているのです。

ステラ　いいえ、それは違うわ。

看護婦　あなたは行き場のない状況に追いつめられていた。困難から逃れる道は一つしかない。あなたの裏切り、とてつもない残酷な行為を知れば、モーリス様の心が打ち砕かれるというのを、あなたは、私同様に、分っていました。それに直面できなかったのです。だから、直面するより、むしろ殺害するほうを選んだのです。

ステラ　看護婦さん、あなたは五年間も私を見てきたでしょ。私がそんな恐ろしいことの出来る女だとよくもまあ本気で思えたものね！

看護婦　モーリス様はあなたを信頼し愛していらした。ご主人は寝たきりの病人でした。完全に無力でした。まともな神経の持主なら、あなたがなさったように裏切ることは出来なかったでしょう。裏切れるような人なら、殺すことも出来たでしょう。

タブレット夫人　（薄笑いを浮かべて）看護婦さん、あなた、世間の人と同じ誤りを犯しているのじゃないの？　善良な女と言う場合、貞操を大事にする人を意味するでしょ？　でもそれは善良さを狭く解釈することじゃないかしら？　貞操を守るのも素晴らしいけど、でもそれが徳の全てではない。親切、勇気、思いやりもあります。もしかするとユーモア感覚とか常識も入れてもいいのじゃないかと私は思っています。

看護婦　彼女がモーリス様に不貞を働いたことを弁護なさっているのですか？

タブレット夫人　許しているのですよ。ステラはモーリスに与えられるものの全てを与えたと思います。残りは彼女の力の及ばぬことでした。

看護婦　奥様のお考え分りますわ。何事も大したことじゃなし、とおっしゃるのでしょ？　罪も悪いことはないし、徳も大したことじゃない、と。

タブレット夫人　私自身のことをお話ししていいかしら。夫と二人の子供を持つ若妻だったころ、ある青年と深く愛し合うようになったのです。主人の担当地区で警察関係の士官で、彼も私を深く愛しました。

リコンダ　何ということを！

タブレット夫人　私は今ではもう老婆だし、彼も年配の引退した少佐です。でも当時はお互いにとってこの世の全てでした。子供がいたので私は恋から身を引きました。心が張り裂けんばかりの悲しみを味わいました。今ではそれで良かったと思っています。恋の苦痛から人は立ち直れるものですわ。あの可笑しな少佐を見ると、あんなにわくわくするような興奮を私に与えたのが不思議です。恋心を抑えても、三十年も経てば大した問題じゃあなくなるものよって、コリンとステラに言うことも出来たでしょう。でも人は他人の経験から学びませんからね。

看護婦　奥様は誘惑に抵抗されたのですから、正しい道を歩んだと胸を張っておっしゃれますわ。

タブレット夫人　以前はそれが今より楽だったのね。昔は貞操というものを大切なものだと考えていましたからね。そう、私は抵抗しました。でもその辛さを知っているからこそ、私ほど貞操観念のない、でも勇気のある人を許す権利があるのかもしれないわね。

看護婦　人は誘惑に抵抗することによってのみ立派な人になれるものです。

タブレット夫人　そうかもしれないわ。でも自分を根底から揺るがすような強い誘惑に抵抗など出来る人がいるのかしら、と時々思うの。よく誘惑に勝ったというけど、本当はあまり強く誘惑されなかったのじゃないかと思うわ。人間と誘惑の関係を考える時、川と堤防のことを考えてしまいます。大量過ぎない水が流れている場合なら、堤防は役目をちゃんと果たしてくれます。でも一旦洪水が来たら、堤防は抵抗不能ね。川は氾濫し、大混乱になります。

ステラ　お母様、何て親切で賢いのでしょう！

タブレット夫人　年を重ねただけよ。

リコンダ（優しく、しかし断固とした口調で）ステラさん、看護婦さんの告発ははっきりしているので、対応しないわけにはいきませんよ。
ステラ　彼女の告発は馬鹿げています。
リコンダ　モーリス君がクロラインの過剰摂取で死んだのだとすれば、誰かが与えたのです。
ステラ　そうでしょうね。
リコンダ　彼が死んだほうが好都合だと考える動機を少しでも持っている人が誰か、考えられましょうか？
ステラ　いいえ。
リコンダ　真実を明かすために、ご協力なさりたいのでしょう？　そのために不快な質問をすることになるのですが、許してください。
ステラ　もちろん、結構ですわ。
リコンダ　妊娠したと気付いた時、どうしようと思いましたか？
ステラ　ぎょっとしました。最初は信じられませんでした。どうしてよいか分りませんでした。
リコンダ　長い間隠しておけないのはご存じでしたね。
ステラ　もちろん。でも、どうにかなるのではと思いました。とにかく気が転倒してしまいました。

リコンダ　誰かに話しましたか?

ステラ　いいえ。ハーヴェスター先生にどうしたらいいか相談する勇気を奮い起そうとしていました。私のことは構わないのですが、モーリスのことが心配でした。

リコンダ　何か計画があったでしょう?

ステラ　ええ、ありました。日夜それはかり考えていたのです。どこか解決してくれる場所を見つけようとしました。もし最悪の事態に立ち至ったら、ハーヴェスター先生にお願いして、私が病気で転地療養が必要になったと言ってもらい、赤ちゃんが生まれるまで姿を隠すことも考えました。

リコンダ　ご主人に全てを打ち明けようと考えたことはなかったのでしょうね?

ステラ　ええ、一度も考えませんでした。そんなことをしたら、彼がどんなに失望したことでしょう。許してはくれたと思います。とっても愛してくれていましたから。でも、私への強い信頼を失ったでしょう。その信頼が彼にとって全てだったのに!

リコンダ　生前の彼に会ったのはあなたが最後だったようですね。

ステラ　ええ、寝室に上がるすぐ前にお休みなさいを言いに行きましたから。

リコンダ　その時あなたは何と言ったのですか?

ステラ　特に変ったことは言いませんでしたわ。
リコンダ　彼がひどく動揺していたと言ったでしょ？　泣いたと言ったでしょ？
ステラ　それはもっと前の時のことです。彼が寝室に移動する前のことです。
リコンダ　どうして気が転倒していたのですか？
ステラ　どうしても答えなければなりません？　夫婦間だけのことなのですが。
リコンダ　いや、むろん答えねばならぬことはありません。私にはお尋ねする権利はないのです。ただ、この件全体にとても奇妙なものがありますので、あなた自身のためにも、何でも話した方がよいのではないかと思うのですけど。
ステラ　モーリスは私を事故の前のような形で愛せないというので泣き出しました。あの人自分の子供をとても欲しがっていました。
リコンダ　その後あなたがお休みなさいと言った時には、そのことに触れなかったのですね？
ステラ　ええ、触れませんでした。すっかり元気を取り戻していました。いつもと同じように陽気でした。
リコンダ　何と言いましたか？
ステラ　私たちがサンドイッチを楽しんだかと聞き、それから、もう休んだほうがいいよ、と言いました。私は彼にキスし、お休み、大事な人と言いました。
リコンダ　そこにどれくらいいましたか？
ステラ　五分くらい。
リコンダ　彼は、眠たくなった、と言いましたか？
ステラ　いいえ、言いませんでしたわ。
リコンダ　あなたはクロラインがどこに置いてあるかご存じでしたね？
ステラ　おおよそですわ。薬瓶などはすべて浴室においてあると知っていました。彼は寝室が散らかっているのが嫌いだったのです。
リコンダ　あなたが部屋を出て行く前に、あなたに何か頼みましたか？
ステラ　いいえ、何も頼みませんでした。看護婦さんが彼が気持よく眠れるように準備してくれていましたから。
看護婦　（ぞっとするような口調でステラに）あなたは分らないのです。リコンダ様はモーリス様があなたにクロラインをくれと頼み、あなたが害はないと思って、持って来たと言う機会を与えようとしているのですよ。あなたはモーリス様が五錠瓶から取り出すのを見て、それから瓶を浴室の棚に置きに行ったのです。
ステラ　（皮肉に）気付かなかったわ。もし私が夫を毒殺したのなら、それはうまい解決法だったでしょうね。リコンダ様、モーリスはクロラインをくれとは言いませんでしたから、渡しませんでした。

看護婦　一つ聞いてもいいですか？

ステラ　どうぞ。

看護婦　今朝私がここへ来て、ご主人の寝室に行ってきましたと言った時、あなたはどうしてあんなに取り乱したのですか？

ステラ　彼が死んでいるとあなたが言った時のこと？　あなたがいい天気ですね、と言ったかのように、卵を食べ続けることなど出来るはずないじゃありませんか！

看護婦　いいえ、あなたはまだ亡くなっているのは知らなかったのです。千里眼でも持たぬ限り知りえなかったでしょう。

ステラ　ああ、あなたの言う意味分ったわ。あなたが呼ばれる前に彼の部屋に入ったのを怒ったときのことね。睡眠というのはとても貴重で素晴らしいものよ。理由なしで誰のことも起してはいけないわ。

看護婦　私が早すぎる時間に部屋に入ったのではないかと恐れたのでない、と断言できますか？　彼がまだ生きていて、命を助けることが可能だったかもしれないと恐れたのでしょう？

ステラ　私がモーリスを殺害したとすっかり決め込んでいるようね。
看護婦　そう思っているのは私だけじゃありません。
ステラ　どうしてそう思うの？
看護婦　モーリス様があなたにクロラインをくれといったのでしょうとリコンダ様はおっしゃり、あなたに逃げ道を教えたのは何故だと思いますか？
リコンダ　（苦々しい口調で）看護婦さん、義務だと思うことをもう果たしたでしょう。結構です。君が、他にすることがあれば、我々としてはこれ以上時間を取る必要はないと思う。
看護婦　出て行きます。ここですることはもうありませんもの。皆様は私を憎み、私がこのようなことをしたのは不純な動機からだったと思っているのでしょう。皆様が昼食を取っていらっしゃる間に荷造りを始めていました。十分もすれば準備ができます。
タブレット夫人　急ぐことなどありませんよ。
看護婦　あなた方は私を追い出したいと思っていらっしゃるけど、私だってこの家から出て行きたいのですよ。タクシーを呼んでくだされば感謝します。
タブレット夫人　コリンが呼びに行きます。コリン、すぐ呼びに行ってくれるかしら？
コリン　はい、すぐ行きます。

（コリンがドアを開け、看護婦が退場し、彼も出て行く。他の者は黙って看護婦が出て行くのを眺めている。ドアが閉まる）

タブレット夫人　看護婦さんは、お気の毒ね。正しいことをしているのに、犯罪者みたいな気分になっているみたいで。美徳がたっぷりあって、魅力が一寸しかない娘さんは気の毒だと思わざるをえないわね。

リコンダ　一分間だけステラさんと二人だけにしてもらえないでしょうか？

タブレット夫人　そうしたかったらどうぞ。ハーヴェスター先生、行きましょう。

ハーヴェスター　喜んで。

タブレット夫人　先生と無関係のことに時間を浪費させてしまい申し訳ありませんね。

ハーヴェスター　自分が無関係ならどんなに嬉しいでしょう！

（二人退場）

リコンダ　ステラさん、これからどうするつもりですか？

ステラ　さあ、分りません。何が出来るでしょう？　罠にかかったネズミのような気分です。

リコンダ　事件が放置できないのは明白です。もうもみ消すのは不可能です。

ステラ　これからどうなって行くのでしょうか？

リコンダ　ハーヴェスター先生は検死官に報告しなければならないでしょう。病理解剖が行われます。そしてモーリス君がクロラインの過剰摂取で死亡したと判明すれば——その可能性は高いと思いますが——検死があり、陪審の評決を待たねばならぬでしょう。

ステラ　それから？

リコンダ　誰か分らぬが、誰かによって薬が盛られたとすれば、警察が介入します。随分手ごわい試練に立ち向かうことになりますから、覚悟しておくとよろしいでしょう。

ステラ　私が殺人の罪で裁かれるというのですか？

リコンダ　公訴局長官が起訴するには不充分な証拠しかないと考えるかもしれませんよ。

ステラ　他にどんなことを私がしたにしても、そんな恐ろしい犯罪を私が犯すなんてありえないとお分りでしょ？

リコンダ　事実をしっかり見据えましょう。事実から顔をそむけてはまずいです。モーリス君が父親であるはずのない子供をあなたは身ごもった。夫にそれを知られたくないとあなたは必死だった。

ステラ　ええ、必死でした。

リコンダ　夫婦の間のあることで彼がひどく悩んでいた。あなたは最後に彼に会った人でした。彼は朝いつまででも寝坊することが許されていた。看護婦が朝寝室に入ったのを知ってあなたは激怒した。彼は死んでいた。クロライン五錠が薬瓶から消えていたが、彼が自分で取ることは出来なかった。一体誰が彼に与えたのか？

ステラ　どうして私に分りましょう？

リコンダ　私はあなたを助けたいと願っているだけですよ。あなたの味方です。遠回しに言うのは止めて、率直にいうと、あなたはひどい状況に追い込まれていますよ。

ステラ　あなたは私が犯人だと思いますか？

リコンダ　きれいごとでない本当のところが知りたいのですか？

ステラ　そうです。

リコンダ　犯人かどうか分りません。

ステラ　（答の意味を思案しながら）そうですか。

リコンダ　無論、状況証拠から判断するだけですが、すべて辻褄が合うのです。あなたに疑惑が及んでも不思議はありません。

ステラ （多少余裕を見せて）辻褄がぴったり合いますね。もし自分は夫殺害などしていないと分っているのでなければ、私も自分が犯人だと言うところでしょうね。私がやったのではないと判断できる根拠は一つだけ。私を多少とも知っている人なら、私が夫を毒殺することなどありえない、と思っているのです。

リコンダ 私は職務上犯罪を沢山扱ってきたのです。犯罪について一番ショックだったのは、法を守る、まっとうな人が追いつめられて悪事を犯しうることでした。自分は罪など絶対に犯さぬと断言できる人はまずいないでしょう。通りを歩いていて煙突の通風管が頭に落ちてくることもある、それと同じくらい偶発的に人は罪を犯すのです。

ステラ （身震いして）恐ろしい話です。

リコンダ あなたを裁くのは私の務めではありませんよ。あなたが現在置かれている厳しい状況に深い同情の念を覚えるのみです。イギリス人がどういうものかご存じでしょう？ 性的な犯罪に対していかに不寛容であるかご存じですね？ あなたが義弟と姦通したと知れば、陪審があなたにひどく偏見を抱くでしょう。

ステラ コリンを気の毒に思います。彼も相当にひどい目に遭うことになるのでしょう？

リコンダ コリン君をとても愛していますか？

ステラ モーリスを愛したのとは別の愛し方です。モーリスへの愛はいわば開け放たれた明るいものでした。吸っている空気のように自然のものでした。永遠に続くと思っていました。でもコリンへの愛には苦痛と後悔と、愛がいずれ消えるという苦々しい思いがありました。

リコンダ　それは辛いことですね。愛がいずれ消えるという事実に接すると、人生に裏切られたと誰も感じます。

ステラ　コリンを裁判に巻き込まぬようにする道はないでしょうか?

リコンダ　なさそうです。とにかくそれは弁護士と相談すべきことです。どの弁護士に頼むのがいいか、まず考えてみる必要があります。今注意しておかねばならぬことが一つあります。弁護士には包み隠さず打ち明けるということです。絶対的な真実を弁護士に話すのが被告人が勝つ唯一の方法です。

ステラ　私、ずっと真実だけを話してきましたわ。

リコンダ　そうであればどんなにいいか!

(コリン登場。ステラは急に恐怖感に襲われてコリンの傍らに駆け寄る)

ステラ　コリン、あなたは信じてくれるわよね?　非難されていることを私がやった筈がないって。

コリン （彼女を両腕で抱きしめて）可愛い人！　可愛い人！

ステラ コリン、私とっても怖いの。

コリン 怖がることなど何もない。君は罪など犯していない。誰も君に手出しすることはできない。

ステラ どうなるにしても私たちは終わりね。私たちの愛は皆に知られてしまい、私たちは極悪非道な人間にされてしまう。私についてさぞひどい噂が囁かれることでしょう。私がどれほど抵抗したか、誰も知らないのだわ。不倫をすれば必ず責められ、道に外れまいとどれほど努力しても無視される。過去にどんなに貞節であっても、やはり無視されるのね。

コリン 君のためなら命を棄ててもよいと思っている僕が、こんな悲惨な目に君を遭わせるなんて残酷なことだ！

ステラ 裁判であれこれ不快なことがあった後、どうしてあなたに愛し続けていただけると期待できましょう！　ああ、恥ずかしい。どこに隠れればいいの？

コリン 永遠に君を愛するよ。君は僕にとってこの世の全てだし、僕の欲するこの世の全てだ。

ステラ　何人もの男性がよく近づいてきました。私には何の意味もありませんでした。ただ笑ってやりました。あなたがグアテマラから帰ってくるまで、夫を裏切るなどという考えは頭に一度も浮かびませんでした。私の心には夫への不満などありませんでした。性のことは棚上げにしておいたので、考えることもありませんでした。もう手遅れになるまで、自分があなたを愛していると知らなかったのですよ。

コリン　君にお願いしたいことはただ一つで、これからどうなっても僕を愛したのを後悔しないでということです。

ステラ　ええ、後悔などしないわ、絶対に。する筈がない。

コリン　（とても優しく）可愛い人！　僕の恋人！

ステラ　それにしても運命の女神は私にひどいいたずらをしたものね。邪悪な女みたいに見えるかもしれないけれど、心の中を覗いてみれば邪悪など全然ない。三月の一陣の風が去年の枯葉を舞い上げるように、私を襲った愛を拒まなかったというので、何てひどい罰を受けるのでしょう！

コリン　罰がいかなるものであれ、一緒に耐えよう。苦難を共に受けよう。何が起ころうと僕らを別れさせることはできない。

ステラ　（絶望的に）リコンダ様、私たちどうすればいいの？　助けていただけることはないかしら？

リコンダ（低い声で深刻に）助言などありませんよ。私があなたの立場だったらすることなら言えます。

ステラ　どうなさいますか？

リコンダ　もし無罪なら最後までそう主張しつづけます。自分にこう言います。私は罪を犯したかもしれないが、自分ではよく分らない。世間はそう言っていて、世間が裁判官だ。何をしたにせよ、止むを得ずやったのであり、結果は甘んじて受けよう。しかし罪を犯したのなら、つまり、恐怖あるいは狂気の瞬間に、法律上死刑に価する犯罪を犯したのなら、私は法が手続きをするのを待たず、自分を法の及ばぬところに確実に素早く行かせます。

ステラ　私は無罪です。

リコンダ　もしそうでなかったら、私の書き物机の引き出しに弾をこめた拳銃があり、あなたが私の家まで数歩歩き、書斎の窓から入るのを邪魔する者は誰もいないと言うつもりでした。

（ステラは恐怖のために胸の動悸が速まり、ぎょっとして少佐を見詰める。彼は目を伏せ、横を向く。沈鬱な沈黙。看護婦登場。上着とスカートを着て、帽子を手に持っている。ステラは気を取り直す。ほっとしたように看護婦に語りかける。冷静で上品な態度である）

ステラ　早かったじゃない。

看護婦　もう荷造りするものは殆どなかったのです。アリスにトランクを階下に持ってゆくように頼みました。

ステラ　今日は庭師が来ていますから、手伝ってくれますよ。

看護婦　去る前に奥様にお別れの挨拶をしたいのですが。

ステラ　母もそう望んでいますわ。庭に出ています。

看護婦　ではそちらに参りましょう。

ステラ　コリンが呼びますから、ここに居れば大丈夫よ。母が庭に出て行ったのはリコンダ様が私だけにおっしゃりたいことがあったからなのです。

（コリンが窓辺に行き、母を呼ぶ）

コリン　お母さん！

タブレット夫人　（庭から）私を呼んだ？

コリン　看護婦さんが帰るところです。お母さんに挨拶したいのだそうですよ。

タブレット夫人　すぐ行きます。

（部屋にいる四人は黙りこくって立っている。全員にとってこの瞬間は運命の分かれ目だと感じられる。タブレット夫人がハーヴェスター医師と共に登場）

タブレット夫人　（深刻なことなど何も起きていないというように一寸笑みを浮かべて）タクシーはもう来たの？

看護婦　はい、窓から到着するのが見えました。奥様、ここにいた五年間奥様にそれはよくして頂き、本当に有難うございました。

タブレット夫人　あなたは少しも手のかからない人でしたわ。あなたに親切にするのは造作もないことでした。

看護婦　奥様のご親切へのお返しに、混乱と不幸をもたらしてしまい、申し訳ありません。私のことをいやな女だと思っていらっしゃるのは存じております。さぞ不愉快でしょうが、私にはこうするしかなかったのです。

タブレット夫人　お別れする前に、あなたをとても不幸にしている不快感から、できればあなたの心を解放して差し上げたいの。ねえ、人間って首尾一貫している人は唯の一人もいないでしょ。人間は一面だけでなく半ダースの面を持っています。それだから、あなたがステラに嫉妬するのは間違っていたのです。モーリスが一面で欲していた全てのものを、あなたは彼に与えたのです。それ故、彼のその一面はあなただけのものでした。人は万人にとってなら全てのものでありうるかもしれません。でも特定の個人にとって全てのものというわけにはいきません。また特定の個人が誰かにとって全てのものではありえません。私はモーリスの母として誰も知らない息子の一面を知っていたので、他の誰にも与えられぬものを彼に与えました。私は他の誰の邪魔もしませんでした。息子をステラに結び付けていた恋心、彼をあなたに結び付けていた優しい仲間同士の気持、そのいずれにも私が嫉妬などしたとしたら、恩知らずで不寛容な態度を取ったことになったでしょう。ウエイランドさん、あなたのモーリスへの親切とあなたが彼に抱いていた私心のない愛に対して、神があなたを祝福してくださいますように！

（彼女は看護婦の両手を握り両頬にキスする）

看護婦　（すすり泣きながら）私、もうたまらなく不幸です。

タブレット夫人　あら、いつもの見事な自制心を失くしちゃだめよ。オムレツをつくるには卵を割らなくては、って言うでしょ？　人間って不完全なものだから、どれほど品行方正な人でも、罪人を法に委ねる時は僅かばかり心の痛みを覚えるものなのでしょう。

リコンダ ウエイランドさん、行き先の住所を残してくださいよ。ハーヴェスター先生が当局に通報すれば、当局は君と連絡を取りたがるでしょうから。

ハーヴェスター 僕は検死官と面会しに行き、彼に事実をすべて提示しようと思う、看護婦さん、君も同行するかい？

看護婦 お断りします。

ハーヴェスター 奥様のお許しを得れば、ここから連絡して、検死官が在宅かどうか確かめたいのです。

タブレット夫人 もちろん結構ですが、その前に二、三喋ってもいいかしら？

ハーヴェスター いくらでもお話しください。

タブレット夫人 短くしますわ。生前のモーリスに最後に会ったのはステラだという看護婦さんの考えは誤りです。ステラの後で私が彼と会い喋りました。

看護婦 （すっかりびっくりして）え、本当ですか！

ハーヴェスター でも彼、目覚めていましたか？　もし三十グレインのクロラインを飲んでいたら、意識不明でないまでも、うとうとしていた筈ですが。

タブレット夫人 先生、一寸待ってください。私なりに話させてくださいな。

ハーヴェスター　失礼しました。

タブレット夫人　モーリスの部屋は私の部屋の真下にありましたでしょ？　彼の部屋の窓はいつも開いていて、彼が眠れなくて電気をつけると、私の部屋から影が見えました。するとと私は降りて行き息子の傍らに座り、電気を消して喋りました。インドでの彼の幼年時代とか、私の若い頃とか、そんなことをときどき話題にしました。でも時には、人が真昼間には話題にしないようなことも語り合いました。モーリスはステラに対する大きな愛を抱いており、彼女の幸福をいかに願っているかを話しました。人間の命に関する神秘についても話しました。しばしば彼はいつの間にか寝入ってしまい、私は足音を忍ばせて去りました。この夜の会話のことは誰にも言いませんでした。（一寸皮肉に笑って）息子と嫁と同じ屋根の下で暮らす女の立場は微妙ですからね。ステラに私が出すぎたことをしていると思われたくなかったのです。

ステラ　私がお母様のなさることをやっかむなんてことありませんでしたのに！

タブレット夫人　その必要はなかったわけです。でもね、人間は弱いものですから、緊張は避けておくのがいいわね。そういう深夜にモーリスが私に見せた一面は、母親しか応じることの出来ない面でした……昨夜私は眠れませんでした。モーリスの部屋に明かりはなかったのですが、何となくあの子も眠れないでいるような気がしました。そこで階下に降りて庭に出て、窓から覗き込みました。私の影を見たモーリスが、お母さんなの、来るだろうと思っていたんだ、と言いました。

ハーヴェスター 何時ごろのことですか？

タブレット夫人 さあ。ひょっとすると先生が出てから一時間くらいかもしれません。モーリスは、睡眠薬を飲んだけど、効かないと言いました。すっかり目が冴えてしまった、と言うのです。さらに、ねえ、お母さん、面倒だけどもう一錠持ってきてくれない？ 一度だけなら大丈夫だし、ぜひともたっぷり眠りたいのだ、と言いました。

ハーヴェスター 昨夜はどうしてか彼、興奮していました。それでいつもの量では効かなかったのでしょう。

タブレット夫人 （穏やかな口調で）事故の後あまり時間の経たなかった頃、あの子と私はある約束をしました。生きているのが耐え難くなったら、命を絶つ手段をあげましょうというものでした。

ステラ まあ、何ということでしょう！

タブレット夫人 苦悩があまりにひどくなり、もう我慢できなくなったから何とかして、と真面目に頼んだら、耐え難くなった人生を苦痛なしで終える薬をあげるという責任を拒まない、と約束したのです。その後、約束はまだ有効？ と何度か彼が聞きました。

ええ、そうよ、と私はいつも答えたものです。

ステラ （非常に興奮して）昨夜彼はお母様にそのお願いをしたのですか？

タブレット夫人 いいえ。

リコンダ それからどうしました？

タブレット夫人 ステラの愛がモーリスにとって全てを意味すると分っていました。その一方ステラは全ての愛をコリンに与えたのでモーリスに愛を与えることが出来なくなったのも知っていました。人は誰でも幻想を頼みに生きています。幻想を保ち続けられるように頼む以外のことを人に頼むことはできません。モーリスが苦悩しつつも何とか生きられたのは幻想に支えられていたからです。幻想が失われれば、全てが失われます。ステラはモーリスのためにそれはよくしてくれました。私から見ても感謝してもし切れない程でした。女の人生を価値あらしめるものを犠牲にしてと頼むほど私は身勝手ではありません。

ステラ どうしてその機会を与えてくださらなかったのですか？

タブレット夫人 昔息子たちのために、私がそこに立っている滑稽な老少佐に抱いていた愛を断念した時、こんな大きな犠牲を払うなんてありえないと苦しみました。今はその犠牲は大したことでなかったと思います。モーリスを愛していたのですから。私はモーリスを溺愛していましたから。その彼が亡くなり淋しいです。彼が夢見ていたのは美しい夢でした。あの子をとても愛していたので、その夢から覚めないようにしてやろうと思ったのです。あの子に命を与えた私があの子から命を奪ったのです。

看護婦　（恐怖におののいて）奥様！　そんなことありえません！　何て恐ろしいことでしょう！

リコンダ　ミリー！　ミリー！　一体何を語るのだ！

タブレット夫人　浴室に行って、椅子に登ってクロラインの入った瓶を取りました。看護婦さん、あなたが言ったように五錠出したのですよ。それを水に溶かしました。それをモーリスのところに持ってゆくと、あの子は一息で飲みました。苦かったのですね。あの子、そう言いました。それでコップの底に少し残っていたのでしょう。私はベッドの側に座り、寝付くまで手を握っていました。自分の手をあの子の手から離したとき、それが永遠の眠りだと悟りました。彼は最後まで夢を見続けていたのです。

ステラ　（母を両腕で抱きしめ）お母様、何ということをなさったの？　この結果はどういうことになるのかしら？　私はとっても怖いわ！

タブレット夫人　（やんわりと身をステラから離して）私のことは気にしないでいいのよ。自分のしたことは意図的にしたことであり、責任をとるつもりです。責任逃れはしません。

ステラ　私が悪いのです。私の弱さがいけないのです。どうしたら自分を許すことができましょう？　私は何ということをしたのでしょう？

タブレット夫人　感情的になってはいけないわ。あなたはコリンを愛していて、コリンもあなたを愛している。私のことを気遣ったり、これから私の身に何が降りかかるかということで苦しんだりしてはいけないわ。イギリスから出て行って、アメリカで結婚し、子供を産み、過去と死者のことは忘れなければいけないわ。まだ若いのだし、生きる権利がある。未来は若い人のものです。

コリン　お母さん、大事なお母さん！　お母さんの話を聞いて、とっても恥ずかしい。

タブレット夫人　コリン、あなたのことも愛していますよ。あなたが幸福になるように考えているのです。

リコンダ　ミリー！　ミリー！

タブレット夫人　（苦笑しながら）ウエイランドさん、あなたの言った通りね。もちろん、錠剤をアスピリンとか他のもので補っておくべきだったわ。でもさっきあなたが言ったように、犯罪者はよくミスを犯すものだし、私は本物の犯罪者ではありませんからね。

（一瞬の沈黙）

看護婦　ハーヴェスター先生、死亡診断書に署名なさる気がまだおありでしょうか？

ハーヴェスター　ある。

看護婦　では署名してください、もし問題が生じたら、私は錠剤をモーリス様のベッドの側に置いておいたと証言しますから。

ステラ　ありがとう！

タブレット夫人　（ハーヴェスターに）署名は危ない橋を渡るようなことでしょ？

ハーヴェスター　いいや、構うものですか！

リコンダ　看護婦さん、ありがとう！　どれだけ恩に着ることか！

（看護婦はひざまずき、タブレット夫人を両腕に抱きしめる）

看護婦　奥様、私はひどい女でした。敵意に燃える心の卑しい人間でした。自分がどんなに心の狭い人間か今初めて知りました。

タブレット夫人　さあ、さあ、誰も感情的になってはだめですよ。ウエイランドさん、モーリスが亡くなった今、あなたも私も淋しい女になりました。お互いに助け合って生きて行きましょう。あなたと私が心の中でモーリスへの愛を抱き続けている限り、彼は完全に亡くなったわけではないのです。

終わり

さまざまな〝愛〟を描く、傑作戯曲

解説　行方昭夫

モームと日本

二〇世紀中葉の日本では、サマセット・モームはシェイクスピアに勝るとも劣らない人気を誇っていました。登場のタイミングが幸運でした。第二次世界大戦が終わり、経済的な復興が軌道に乗り出し、ようやく文化、文学への関心を抱く余裕が生じた時期だったのです。世界文学全集がいくつもの出版社から刊行されると、モームはダンテ、ゲーテ、シェイクスピアに匹敵するような大文豪扱いを受け、さらに英米作家には前代未聞の三一巻に及ぶ全集まで出たのです。あらゆる文庫に収録されました。一九五九年末、彼が来日した時などは、講演会場の丸善では混雑のために警官が出るほどでした。

もちろん、これは過去のことになりました。それでも同時代の人気作家だったウェルズ、ベネット、ゴールズワージー、ハックスレイなどと比べると、全盛期の評判の余韻がまだ残っています。モームが最近まで生存していたイギリス作家だと漠然とでも知っている人は今でも少なくありません。しかし人によってその捉え方は様々です。「雨」や「赤毛」などを大学の教養課程のテキストで読んだ人は短編作家だと、『月と六ペンス』や『人間の絆』などを世界文学全集で買った人は小説家だと、『夫が多すぎて』を舞台で観た人は劇作家だと、『サミング・アップ』などのエッセイを好んだ人は評論家だと思うことでしょう。さらにまた、五〇代以上の人は、入試英語と結びつけて覚えているでしょう。七〇年近く作家活動を精力的に継続したモームは、詩以外の文学のあらゆるジャンルで作品を残しているのです。

一昨年、ある友人の紹介で今も元気に活躍中の有馬稲子さんにお目にかかる機会がありました。私がモームの翻訳をしていると知ると、「あ、サマセット・モームね。懐かしいわ。私が宇野重吉先生のところに弟子入りして、最初に出た劇が、フォー・サービシズ・レンダードだったんですもの」と声を高めたのには驚きました。英語の原題をすらすらと口にされたからです。有馬さんにとってモームはもっぱら劇作家だったようです。

有馬さんが出演したのは、宇野重吉の主宰する劇団民藝が一九六六年に上演した『報いられたもの』という題名のモームの劇でした。モームが亡くなった翌年のことであり、映画女優として人気の高かった有馬稲子の舞台女優への転身の初舞台ということもあって、評判を呼びました。これが事実上、日本でモームの劇が上演された最初でした。短編作家としては、太平洋戦争勃発前の一九四〇年に中野好夫による翻訳が文庫版で出たのと比べると、日本での劇の上演は随分遅れました。

ここに全訳した『聖火』はモームの劇作の代表作の一つです。この作品の特質などについては、後で論じることにして、まずモームの劇作全体について述べましょう。

劇作家としての歩み

劇を書こうという思いは少年時代からあったようで、自分が吃音のために言いたいことが言えず悔しかったので、作中人物に代弁させようとしたのです。医学生の頃にいくつかの一幕物の試作の後、本格的な四幕物の劇『高潔な人』を執筆したのは、一八九八年ですから、最初の小説『ランベスのライザ』とほぼ同じ時期でした。イプセンの影響を受けた社会、家庭問題を扱う悲劇で、舞台協会という新劇を扱う高踏的な小劇団で上演されました。一部の批評家から好評を得たものの、僅か二回しか上演されなかったのです。モームは、もっと多くの観客を相手にしたいと望みましたし、舞台協会の芸術家ぶった思い上がりも気に入らず、次第にこの劇団から離れ、一般大衆を相手にする喜劇を書いては、あちらこちらの商業劇場の支配人に送ったのですが、実験的な舞台協会で好評だったのが不利になって、相手にされませんでした。

ところが一九〇七年一〇月になって、ロンドンの大劇場で急に脚本が必要になり、モームが送っておいた『フレデリック夫人』が急場凌ぎに上演される運びとなって、これが大当たりしました。貴族の跡取り息子がある浮気な美しい未亡人に恋をしたことから生じる上流家庭の騒ぎが軽い皮肉をこめて喜劇的に描かれています。ある事情で、青年の熱烈な情熱を冷ます必要に迫られた夫人は、彼に化粧していない寝起きの姿を見せ、それから化粧によって美しく変わっていく様子を見せます。この場面が、エドワード朝の余裕のある観客の間で大評判になり、一年以上のロングランになりました。

これが切っ掛けで、翌年には、モームの四つの劇がロンドンの大劇場で同時に上演されることになりました。絵入り週刊誌の『パンチ』には、四本のモームの劇の広告の前で羨ましそうに指をくわえているシェイクスピアの風刺画が出ました。

これらの劇作品の大部分は、イギリス演劇史で風俗喜劇と呼ばれる伝統に立つものでした。これは一七世紀の王政復古期に起こり、一八世紀のシェリダンやゴールドスミスを経て、一九世紀末にワイルドに引き継がれた喜劇です。イギリス上流階級の男女関係を時に辛辣に、時にやんわりと揶揄するのが狙いで、軽妙洒脱な会話、気取った警句などを特色とします。

『フレデリック夫人』など四作の大成功によって、劇作家としての地位を確立したモームは、次の二〇年間は劇と小説と両方のジャンルで活躍することになります。ここでは彼の劇の最高傑作としてばかりか、二〇世紀の風俗喜劇の代表作とされている『おえら方』(一九二五年)と『ひとめぐり』(一九一九年)を紹介しましょう。

『おえら方』は、イギリスに移住してきた爵位に憧れる裕福なアメリカの有閑夫人パールを中心とする上流階級の乱れた生態を皮肉に描いた劇です。パールは夫を棄てて金持ちの愛人を持ち、毎夜パーティーを開いて、アメリカからやって来た妹をイギリス貴族と結び付けようと躍起になっています。パールの友人の一人はある美青年を追いかけまわしてばかりいます。官能の満足と刺激を求めることが全てに優先する社交界では、純愛とか誠実さなどは笑いものにされてしまいます。パールが友人の愛人にちょっかいを出したために混乱が起き、それをパールが天性の機知でどうまるく収めるかが、一篇の興味の的になっています。

もう一つの代表作『ひとめぐり』は、親子二代にわたって、将来性ある善良な夫を棄てて他の男のもとに走る女性の話です。情熱に生きるということについてのロマンチックな夢と現実の対比が効果的に描かれています。いずれ夢が破れるのを予感しながらも、これから駆け落ちしようとする二代目の若妻の姿を追う形で幕が下ります。

この二篇で作者は上流階級の人々の愚行を暴いて糾弾しているのではないようです。もちろん是認しているのではないでしょうが、せいぜい揶揄しているのです。観客は軽妙な会話の面白さ、滑稽さに笑うばかりでしょうが、敏感な人は、モーム独特の皮肉な人間観がときどき顔をのぞかせるのに気付き、どきっとするでしょう。

この二篇のほか、『貞淑な妻』、『ペネロペ』、『手の届かぬもの』、『夫が多すぎて』など大部分の作は、風俗喜劇の範疇に入るものですが、例外もあります。『シーザーの妻』は喜劇と銘打たれていますが、主人公がはるか年下の妻が自分から離れて行くのを禁欲的な気持で耐えている感動的な場面があるし、恋を断念する女主人公の姿も悲哀を込めて描かれています。『スエズの東』も、観客に異国情緒を味わわせるだけでなく、あるイギリス紳士の混血美女に寄せる情欲を通じて、人間の情念の悲劇を迫真的に描き出しています。さらに『未知のもの』は、第一次大戦に参戦し、親友の死を目撃し神への信仰を失う平凡な青年を主人公にしています。

このように風俗喜劇だけでは物足りず、それ以外の、自分により関心のあるテーマも試みているものの、モームは次第に劇を書くことに熱意を失って行きました。小説を書くのは書斎での個人的な作業でよいのですが、劇の上演は劇場支配人、演出家、俳優との共同作業という面が大きく、書き上げた脚本を書き直さねばならないことが多いので、モームはその点に我慢できなくなったと告白しています。

後期四作の特色

劇壇から引退し小説一本で活動しようと思いたった一九二〇年代末に、書きたい四つの劇の構想がまだ残っているのに気付きました。「これらの作品は私の想像の中できちんと整理し、いつでも書けるようになっていた。書いてしまうまでは、私を悩ませ続けることは分かっていた」と『サミング・アップ』で述べています。

しかし、従来の自分の劇を楽しんできた種類の観客の気に入らないだろうことも、劇場支配人の喜ばぬことも分かっていたので、これまでは執筆を控えていたのでした。けれども、劇作家を辞める決意をした今こそ、観客や支配人の好みを忘れて、いわば自分の魂の平穏のために執筆しようとしたのです。

事実、『聖火』、『報いられたもの』、『働き手』、『シェピー』の四作は、風俗喜劇とは無関係であり、むしろイプセンやショーの思想劇、問題劇に近いものです。一作目の『聖火』は後で詳しく取り上げますが、二作目の『報いられたもの』は第一次世界大戦が平和な町に住む弁護士一家の安寧な暮らしをいかに崩壊させたかを描いています。戦争のために長男は盲目となり、長女のフィアンセは戦死します。一家の友人の元海軍士官が慣れぬ事業に失敗して自殺し、彼に好意を寄せていた長女は発狂し、異常な行動に出る場面で幕が下りるのです。悲惨な状況の中で、事実を冷静に直視し、悟りの境地に達した母親の姿だけが僅かな救いになっています。

『働き手』は、生涯懸命に働き続けて財をなした株式仲買人が、失敗し破産宣告を受けそうになったのを切っ掛けに、わがままな家族と退屈な仕事を棄て自分を生かす生活に入ることで生じる一家の混乱を冷ややかに描いています。最後の『シェピー』はイエス・キリストの教えを文字通り実践しようとして家族から狂人扱いされる善意の男を主人公にしています。四作は執筆後英米で上演され、モームが予言したように、『働き手』と『シェピー』は評判になりませんでしたが、『聖火』と『報いられたもの』は予想外に好評で、ロングランになりました。

『聖火』について

『聖火』は、モームの三〇点以上に及ぶ劇作の後期四作の最初に執筆されたものです。執筆は一九二八年で、同じ年にニューヨークで、翌年にロンドンで初演されています。

第一次世界大戦後のイギリスの上流家庭を舞台にしています。一家の長男モーリスは航空兵として従軍し無事に帰国したのですが、民間会社のテストパイロットとして働き、新型航空機の試乗中の墜落事故で、下半身麻痺になり、車椅子の生活をしています。彼は、新婚の美しい妻ステラ、優しいけれど威厳のある母タブレット夫人、有能で親切なウエイランド看護婦、さらに外地から見舞いのために帰国した美男の弟コリンの世話になって、もう数年生き永らえていますが、快復の見込みはありません。モーリスは辛い運命に堪えて、表面は明朗に軽い冗談をとばしながら毎日を送っていますが、ある朝、夜の間に急死したのが見つかり、大騒ぎになります。この作品は、彼の急死が引き起こす波紋を冷静な筆致で描き出した、推理小説もどきのホームドラマと言えます。

家族と医師は死因について推察します。一家の旧友でリコンダ少佐という、インドで警察官だった初老の紳士も議論に加わります。最初は病状の悪化による病死だというのが、主治医であるハーヴェスター医師の診断でしたが、致死量の睡眠薬が紛失しているのが分かると、前途をはかなんだ自殺ではないか、という可能性が生じます。しかし、これは否定されます。睡眠薬が病室とは別の場所に保管されていたため、下半身麻痺の病人が自分で手にするのは不可能だからです。ここから、他殺説が生じ、他殺だとすれば、一体誰が犯人か、殺人の動機は何か、が問われることになります。

こうして家族もリコンダ少佐も観客もこれまで知らなかった事実が次々に暴露されていきます。ステラの妊娠、夫以外の男性との肉体関係、ステラとコリンとの仲、モーリスの隠されていた苦悩、看護婦のモーリスへの純愛、タブレット夫人とモーリスとの密かな約束、夫人とリコンダ少佐との昔の恋愛関係など。こうして劇は進行してゆきます。

ステラとウエイランドの口論はモーリスを愛する女同士の嫉妬心から感情が優先して激しいものとなります。状況証拠からステラに容疑がかかり、彼女は反論できません。病死の診断書に署名しようとしていたハーヴェスター医師は、そう出来なくなり、検死のため検死官に連絡しようと決意します。この時点で、重大な発言をするのがタブレット夫人です。この発言により、劇はまた新たな展開を見せます。

タブレット夫人

ステラとウエイランド以外の発言者も緊張のあまり感情的になりがちですが、ただ一人タブレット夫人だけは、常に感情を制御して理性を優先させて語ります。夫人の人間、人生についての考え方は、全面的にモームに支持されています。先走って述べますと、モームが『聖火』でもっとも意を注いだのは、夫人の口を通して自分の人間・死・道徳・性などについての考えを観客が納得するように伝えることだったと思います。いくつかの夫人の発言を拾ってみましょう。

「子供たちがまだ小さい頃、夜子供と一緒にベランダに座ってインドの青い空を移動してゆく無数の星を眺めていると、人間とはどういうものかと考えることがよくありました。はかなくて、ちっぽけな存在でありながら、苦悩に耐える力、美への情熱を持つ人間、それは一体何だろうか？」

「輪廻の信仰を私も持てたらいいとどんなに願ったことでしょう！　二度三度の機会を得て、生命から生命へと移り、不完全さを除去し罪を贖い、最後に神の無限の魂の無限の安らぎの中に自己を没入する。そんなことが出来れば、どんなに素晴らしいことでしょう！」

モームも数回インドに滞在し、人生と人間について考えさせられることが多かったようです。後期の代表作『かみそりの刃』の主人公のインドでの修行を共感をもって描いています。インド人の信じる輪廻の考え方に共感を覚えたと『サミング・アップ』に記されています。彼自身は、最終的には信じられなかったそうですが、敢えて夫人には肯定させ、ステラとコリンの子供の中にモーリスの魂が入り込むと信じさせたのです。以下夫人の発言で、モーム自身が『サミング・アップ』や『作家の手帳』などで自己の信念として繰り返し語っている考えと合致するものを挙げておきます。（夫人とモームの類似にさらに興味のある読者は、拙著『モーム語録』で確認されるようにお勧めします）

1.「これは私が以前から思っていることなんですけど、人を援助する場合、その人が希望するように援助してあげるのが一番よいと思うのです。こういうように援助されるべきだと他人が勝手に考える仕方でなく、ということね。例えば私の場合、誰かが私の欲しがっている化粧ポーチを下さったほうが、私の欲しくないショールを年取っていて寒いだろうからというので頂くより嬉しいわ」

2.「人は皆義務を果たすべきです。でも、多くの場合、義務を果たすのは、同時に他人への嫌がらせができることになるわね。さもなかったら、義務の遂行はよほど難しいでしょうね」

3.「彼があなたを愛するように仕向けたって言ったでしょ。あなたが彼を深く愛していなければ、そうは言わないわ。相思相愛という奇跡が起きたなんて、あなたには信じられなかったのよ。本当の恋愛は自信のないものです。人は恋愛については確信が持てないのです。確信が持てるのは親子間などの愛情だけです」

4.「同じ国、同じ時代にあっても、道徳は人によって異なるものだと私は思います。それが分らない人が多いけど。金持のための道徳と貧者のための道徳は違うのじゃないかしらね——まあ絶対そうだと確信はないけれど。でも若者の道徳と老人の道徳が違うのは確実だと思いますよ。性についての道徳を決めたのが、若い頃の情熱だの元気よさだのを忘れてしまった人々でなかったら、イギリス人の性の見方も随分変るのじゃないかしら。二人の若者が自然が与えた性欲に身を任せたとしても、そんなに悪いことだと思いますか?」

5.「自分を根底から揺るがすような強い誘惑に抵抗など出来る人がいるのかしら、と時々思うの。よく誘惑に勝ったというけど、本当はあまり強く誘惑されなかったのじゃないかと思うわ。人間と誘惑の関係を考える時、川と堤防のことを考えてしまいます。大量過ぎない水が流れている場合なら、堤防は役目をちゃんと果たしてくれます。でも一旦洪水が来たら、堤防は抵抗不能ね。川は氾濫し、大混乱になります」—

モームの代弁者だと目される作中人物は、小説『片隅の人生』のソーンダーズ、小説『五彩のヴェール』のウォディングトン、短編『大佐の奥方』のハリーなどがいますが、タブレット夫人ほどではありません。次にこの劇で重要な役目を果たす、女性の性についての発言――全面的に作者の支持を受けている発言――を検討します。ウエイランド看護婦がステラをもっとも非難するのは彼女の不倫です。硬直した考え方の看護婦と自由な発想のタブレット夫人とが激しく対立する点です。夫人は言います。

「ステラは若く健康で正常ですね？　だから彼女の年齢のとき私が持っていた本能を持たないなんてどうして想像できましょう。性本能は食欲と同様に正常なものであり、睡眠と同様に差し迫ったものです。どうして彼女がその満足を奪われていいのでしょうか？」

「モーリスの事故で彼とステラがもう男と女として生活できなくなった時、ステラがそんな偽りの関係を保持できるだろうかと考えました。二人は健康な若者として愛し合っていました。彼らの愛は深く情熱的なものでしたが、セックスに根ざしていました。時が経てば、その愛も精神的な面を持つようになったでしょう。共に耐えた人生の試練のお陰で思いやりや信頼が生まれ、それが衰え行く情熱の火に新しい輝きを与えたことでしょう。しかし二人にはその時間がなかったのです」

「哀れみが無限なので彼女はそれを愛だと勘違いしていました。私は、誤りに気付かなければいいがと願いました。モーリスにとってステラがこの世の全てでした。全てを意味したのです。最初モーリスの命を助けようと焦っていた頃は、楽でした。でも助かると分り、治ることのない慢性の病人になった時、私はとても恐ろしくなりました。モーリスが提供できる惨めな一生にステラが我慢できなくなる時がくるのを私は非常に恐れました。もしステラが出て行きたいと言い出したら、私には止める権利はないと感じたのです。しかしもし彼女が出て行けば、モーリスが死ぬのは明白でした」

「偽りの夫婦関係がステラの神経に障ってゆくのを見ました。相変らず親切で優しいのですが、努力した結果になってきたのです。花が香を与えるように自然にするのでなければ、人の行為に何の価値がありましょう?」


性についてのこの寛容な考えは、今日の読者にはそれほど大きな衝撃を与えないかもしれませんが、この劇が書かれた一九二八年という第一次世界大戦後とはいえ、ヴィクトリア女王時代の風潮がたっぷり残っている時期には、反発の予想される極めて斬新な考えでした。生真面目な道徳家の看護婦が反論するのも当然ですから、夫人は説得力を増すために、自分の体験を告白します。

「私は今ではもう老婆だし、彼も年配の引退した少佐です。でも当時はお互いにとってこの世の全てでした。子供がいたので私は恋から身を引きました。心が張り裂けんばかりの悲しみを味わいました。今ではそれで良かったと思っています。恋の苦痛から人は立ち直れるものですわ。あの可笑しな少佐を見ると、あんなにわくわくするような興奮を私に与えたのが不思議です。恋心を抑えても、三十年も経てば大した問題じゃあなくなるものよって、コリンとステラに言うことも出来たでしょう。でも人は他人の経験から学びませんからね」

さらに「奥様は誘惑に抵抗されたのですから、正しい道を歩んだと胸を張っておっしゃれますわ」という看護婦に、

「以前はそれが今より楽だったのね。昔は貞操というものを大切なものだと考えていましたからね。そう、私は抵抗しました。でもその辛さを知っているからこそ、私ほど貞操観念のない、でも勇気のある人を許す権利があるのかもしれないわね」

と答えます。このような夫人の発言に対しては強硬だったウエイランドもはや反論できなくなります。居合わせた他の者も全員受け入れます。

モーリスの死については、彼がステラについて抱いていた幻想が破れぬようにするため、母としての権利を行使したと大胆な告白をします。

「私はモーリスを溺愛していましたから。その彼が亡くなり淋しいです。彼が夢見ていたのは美しい夢でした。あの子をとても愛していたので、その夢から覚めないようにしてやろうと思ったのです。あの子に命を与えた私があの子から命を奪ったのです」

これは安楽死の肯定です。ただし、劇の中では安楽死という用語は一度も使われていませんし、『サミング・アップ』にあるこの劇についての記述にも出て来ません。モームが安楽死を認めよ、という主張を行ったという記録もありません。しかし、モーリスのような状況ではタブレット夫人が息子の命を奪った行為を是認しているのは明白です。

モームは父が弁護士であり、次兄は日本で言えば最高裁長官にあたる職にあったのですが、裁判官嫌いで、人間の行為には警察や裁判所が口出しすべからざる領域もあると信じていたようです。モーリスの死についてもそう考えたのでしょう。それで安楽死を家庭内で処理し警察沙汰にしなかったのでしょう。この劇で、安楽死の是非を世間に積極的に問う気持があったとは思えません。

『聖火』の題名、モデル

イギリスのロマン派の詩人コウルリッジの一七九九年作の民謡詩『愛』の第一連にある言葉です。一連全体は、「この身体を奮起させる／あらゆる想い、憧れ、喜びは／愛に仕える司祭なり／聖火の油なり」となっています。

この劇にはいくつもの愛があります。母の子への愛情、性愛、憐憫愛、敬愛、兄弟愛、純愛、思慕など様々な愛が登場人物相互の間で交わされているのですが、作者がもっとも重点を置き、聖火という名前にふさわしいとされているのは、母の子への愛です。一九七五年に宇野重吉が民藝でこの劇を上演した際に、『聖火：母の総て』と題したのは、まことに的確であったのです。

モームの伝記の決定版の執筆者であるセリーナ・ヘイスティングズ女史によれば、タブレット夫人とモーリスには、モームの身近にモデルがあったそうです。モームの一番上の兄チャールズの二〇歳の息子は子供の時に樹木から滑り落ち下半身が麻痺して以来、車椅子の生活をしていました。その母親が、長年にわたり忍耐強く息子の世話をしている姿にモームは感動したのです。

それに重ねて、モームが八歳の時亡くなった母の姿も見えると私は思います。パリの英国大使館近くの家では、モームの兄たちは年が離れており皆イギリスの寄宿学校に行っていたので、ウィリアム（モーム）は末っ子というだけでなく、まるで一人っ子のように両親に可愛がられて育ちました。とりわけ母イーディスは在仏英国人社交界の花形でしたが、優しい女性で、幼いウィリアムを溺愛したそうです。ウィリアムも美しく優しい母に甘え、愛情を独占できる幸福に酔っていましたが少年モームが八歳の時に肺結核で亡くなってしまいました。母の死が生涯最大のショックだったと色々な機会にモームは語っています。

自伝的な小説『人間の絆』の冒頭には、幼い坊やを、死産したばかりで衰弱した母がベッドで抱きかかえ、子供の足の指に触れながらすすり泣く、心に迫る場面があります。この小説の執筆から三〇年ほど経った頃、著者による朗読を依頼されたモームは、この場面を読みだすと泣き出して嗚咽が止まらず、企画は断念されたと、甥のロビンが伝えています。モームは既に七〇歳になっていました。母の写真は生涯机の上にあったそうです。

母が「足の指に触れながら」泣いたのは、エビ足という先天性障害があったのを嘆いたのです。実際にはモームはエビ足を患ったのではなく、これは作者が苦しんだ吃音を置き換えたというのが研究者の間の定説です。モームが生涯吃音よりもっと苦しんだのは同性愛ですから、それを置き換えたのかもしれません。とにかくモームには人とは違う悩み事があったのは確実で、そういう彼を大きな愛で守り、包み込んでくれる母の愛に生涯憧れていました。その理想をタブレット夫人に投影したと私には思えます。

母イーディスが若死にせず、生きていて自分を愛し続けて欲しかったというモームの切なる願望を実現させたのが、包容力に富み理性と感性のバランスの取れた女性像——それがタブレット夫人なのではないでしょうか。第三幕終わりの夫人の言葉「モーリスが亡くなった今、あなたも私も淋しい女になりました。お互いに助け合って生きて行きましょう。あなたと私が心の中でモーリスへの愛を抱き続けている限り、彼は完全に亡くなったわけではないのです」は語りかけられた看護婦のみならず、多くの観客の共感を呼んだ発言ではないでしょうか。

『聖火』のセリフの特色

モームは『サミング・アップ』の中でこの劇について述べているのですが、安楽死などの内容については触れず、もっぱらセリフに関してだけです。セリフに関して実験を行ったというのです。ほとんどすべてのイギリスの現代劇で、登場人物が知識人であれ、酔っ払いであれ、知性と無関係に、日常生活で世間の人が自然に喋っているくだけた口語で喋るという現況に異議を唱えています。そんなセリフでは、人生の大事な問題や人間性の複雑さを語ることは不可能だ、と言うのです。さらに続けて、

そこで『聖火』では、登場人物に日常使っている言葉ではなく堅苦しい改まった言葉を使わせてみようと思った。登場人物が自分の言いたいことを、正確なよく吟味した言葉でどう表現すべきかを、予め考えていた場合ならこう話すだろうと想定される話し方をさせたのである。この試みは必ずしも大成功だったとは言えなかったかもしれない。リハーサルの間、俳優はこの種の話し方に慣れている者は少ないので、暗誦しているような不快を覚えて、私はセリフを単純化したり、半分に切ったりしなければならなかった。一部の批評家からは、セリフがまるで「書き言葉」のようだと非難された。

と述べています。しかし、率直に述べますが、日本人である私が原文の英語表現を検討してみると、他のモームの劇のセリフと比べて、切らずに長く続くとか、俗語が少ないとか、やや折り目正しい表現が多いかな、という程度のことしか分かりません。私は翻訳者

として、平明で分かりやすい自然な訳文をモットーにしています。それでも、今回の訳文を客観的にみると、原文の影響のせいか、改まった文が多いようにも感じられます。もしモームが日本語を知っていれば満足してくれるかもしれぬと、勝手に想像しています。

日本での上演など

日本で最初に上演されたモームの劇は、既に述べたように、『報いられたもの』でした。民藝で宇野重吉演出・木下順二訳で、一九六六年のことです。次は『聖火』で、民藝で宇野重吉演出・菅原卓訳で、一九七五年でした。以下、主だったものを挙げます。民藝による『雨』、若杉光夫演出・里居正美訳で、一九七九年。次は『聖火』で、俳優座劇場プロデュース公演、末木利文演出・喜志哲雄訳で、一九八五年。喜劇『コンスタントワイフ』、俳優座、増見利清演出・志賀佳世子・アルベリイ信子訳で、一九九〇年など。

その後再び間隔があいて、笑劇『2人の夫とわたしの事情』(『夫が多すぎて』と同じ)が、松たか子主演、シアターコクーンで、徐賀世子訳で、二〇一〇年。引き続いて、笑劇『夫が多すぎて』で、大地真央主演、訳者名なしで、二〇一四年でした。

日本においては、小説家としてのモームの人気ぶりと比較すると、劇の不人気には、その落差に驚きます。最初の作品が、『報いられたもの』と『聖火』であったのは興味深いことです。商業主義を嫌い、社会問題に関心の深い劇団民藝が、この二作を選んだのは頷けます。宇野重吉氏が用いた菅原訳は不正確な翻訳でしたが、一九七五年の『聖火』上演は多くの賞を獲得し評判になりました。

評判といえば、ごく最近の『2人の夫とわたしの事情』、『夫が多すぎて』上演も、人気俳優の出演のせいでマスコミを賑わせました。この劇は、モーム自身の分類によると喜劇を通り越した笑劇というものであり、何かとストレスの多い今の観客に、男女関係についてのくすぐり的なセリフによって、慰安を与えたのでしょう。モーム原作であるとか、訳者は誰だとか、そんなことには関心のない観客が多く集まったようです。

今日の英米でも、もともと日本よりも演劇が盛んだという事情もあって、モームの劇はときどき上演されています。『聖火』に限っても、最近では二〇一二年九月から一一月にかけて、ETTという本拠地のロンドンだけでなくイギリス各地を巡業する劇団が再上演しています。古くなっていないで、現代の観客にも訴えるものがあると好評でした。

私がずっと以前からモームの劇の中でももっとも好み高く評価してきた『聖火』の翻訳が、この度刊行できる運びになり、とても嬉しく思います。実は、既に一九六三年にこの作品を大学用のテキストとして編んだことがあり、さらにその後、今から一〇年以上前に刊行の相談がありまして一気に訳しました。しかし、さまざまな事情で刊行できなくなり、諦めてそのまま草稿状態で放置してありました。一昨年秋、拙著『モームの謎』で知った『聖火』を是非読みたいと希望されたので草稿をお貸ししたのが縁で、新日本製鉄の副社長だった澤田靖士氏が尽力して下さり、本文庫の一冊として日の目を見ることになりました。澤田氏のご友人の渋谷裕久氏にも講談社との間の架け橋をして頂きました。

『聖火』には既訳が新旧二つあります。以前のは菅原卓訳『聖火』で一九五四年、白水社『現代世界戯曲選集V　イギリス篇』に収められています。最新のは宮川誠訳『聖なる炎』で二〇一五年刊行の私家本です。菅原氏の訳は杜撰なもので参考になりませんでした。宮川氏の訳はしっかりした労作です。日本モーム協会会員の同氏には私の草稿をお貸しした関係で、今度は私が参考にさせて頂きました。講談社文芸文庫出版部担当部長の松沢賢二氏には、草稿の確認から刊行に至るまでの全工程でご親切にお世話頂きました。私事になりますが、妻恵美子は今回も原稿の総てについて、慎重に点検し助言してくれました。

以上すべての方々のご厚意に心から感謝します。

年譜

一八七四年
一月二五日、パリで生まれる。ヴィクトリア女王の時代。首相はディズレーリ。父ロバートは在仏英国大使館の顧問弁護士、母イーディスは軍人の娘だった。ウィリアム・サマセット・モームは四人兄弟の末っ子で、いたずらっ子だった。後に大法官となった次兄とは、生涯不和だった。

一八八二年（八歳）
最愛の母が四一歳で肺結核で死亡。優しく美しかった母を失った悲しみは生涯消えなかった。

一八八四年（一〇歳）
父が六一歳で胃がんで死亡。このため、イギリスのケント州の牧師である父の弟夫妻に引き取られた。カンタベリーのキングズ・スクール付属の小学校に入学。子供のいない厳格な牧師の家庭に入り、孤独と不幸を感じる。この頃から生涯悩まされる吃音が始る。

一八八五年（一一歳）
キングズ・スクール入学。吃音とフランス訛りのために、学校でいじめにあい、内向的な、自意識の強い少年になって行く。しかし中等部から高等部に進学すると勉強で抜きんでてきて、教師にも級友にも認められ友人も出来る。

一八八八年（一四歳）

冬に肺結核に感染していると分かり、一学期休んで南仏に転地療養。何にも束縛されない楽しい青春の日々を送る。

一八八九年（一五歳）

春、健康になって帰国、復学。叔父はオックスフォードに進学し聖職につく道を勧めるが、父の遺産があるので、キングズ・スクールを退学してしまう。

一八九〇年（一六歳）

前年の冬から南仏を再訪し春に帰国。間もなく、ドイツ生まれの叔母の縁でハイデルベルクに遊学。青春の楽しい日々を満喫。当地の大学の聴講生になり、各地からの学生と交際する。絵画、文学、演劇などを鑑賞し、議論を交わす。演劇ではイプセン、音楽ではヴァーグナーに心酔する。ショーペンハウアーの講義から影響を受ける。キリスト教の信仰から解放される。私生活では、慕っていた年長の青年ブルックスと同性愛の経験をする。

一八九二年（一八歳）

作家志望を秘めて帰国したが、叔父の勧めでロンドンの法律事務所で会計士見習いとして二ヵ月働く。その後ロンドンの聖トマス病院付属医学校に入学し、医師を目指す。最初の二年間は怠けて、作家としての勉強に熱をいれたが、三年生になり外来患者係のインターンとなってからは、医師の仕事に興味を感じ出す。虚飾を剝いだ赤裸々な人間の観察の機会を得たからで、人間を自然法則に支配される一個の生物とみる傾向が彼に強いのは、医学生としての経験の影響であろう。

一八九四年（二〇歳）

復活祭の休日にイタリアにブルックスを訪ね、初めてイタリア各地を旅行。

一八九五年（二一歳）

初めてカプリを訪ね、その後もしばしば同地に行く。当時同性愛者の聖地とされていた同地から意気軒昂として帰国。時代の寵児だったオスカー・ワイルドが同性愛の罪で投獄されたと知り、自分の同性愛の傾向は世間から隠して行かねばならぬと固く決心する。

一八九六年（二二歳）
イプセンの影響下で数点の一幕物の劇を執筆。『作家の手帳』のこの年の項には、「僕は一人でさまよい歩く。果てしなく自問を繰り返しながら。人生の意義とは何か？　人生には目的があるのか？　道徳というものはあるのか？」などの記述がある。

一八九七年（二三歳）
処女作、長編『ランベスのライザ』出版。医学生としての見聞をもとに貧民街の人気娘の恋を自然主義的な筆致で活写する。医師の免状を得たが、処女作の成功に自信を得て、文学で身を立てようと決心。スペインを旅行しアンダルシア地方に滞在、その後もしばしば訪ねる。

一八九八年（二四歳）
長編『ある聖者の半生』出版。歴史小説。『スティーヴン・ケアリの芸術的気質』執筆。これは『人間の絆』の原型。スペイン、イタリア旅行。

一八九九年（二五歳）
短編集『定位』出版。劇『探険家』執筆。

一九〇一年（二七歳）
長編『英雄』出版。

一九〇二年（二八歳）
長編『クラドック夫人』出版。夫婦の葛藤を描いた作品。

一九〇三年（二九歳）
二月に一八九八年に書いた四幕物の劇『高潔な人』出版。実験劇場の舞台協会で上演され、一部の識者からは評価されたものの二回しか上演されなかった。『パンと魚』と『フレデリック夫人』の喜劇二作を執筆したが、上演に至らなかった。

一九〇四年（三〇歳）
長編『回転木馬』出版。手法上の工夫をした自信作でよい書評も出たが、売れ行きは悪かった。笑劇『ドット夫人』執筆。
一九〇五年（三一歳）
二月、パリに行き、長期滞在。モンパルナスのアパートに住み、芸術家志望の若者と交友し、ボヘミアンの生活を知る。この時の経験は『人間の絆』に生かされることになる。旅行記『聖母の国』出版。アンダルシアへの旅の産物。
一九〇六年（三二歳）
ギリシャとエジプトに旅行。四月、『お菓子とビール』のロウジーの原型となる女優スーと知り合い、親密な関係が八年間続く。心から愛した唯一の女性と言われる。長編『監督の前垂れ』出版。
一九〇七年（三三歳）
一〇月、『フレデリック夫人』がロンドンのロイヤル・コート劇場でほんのつなぎで上演され、意外に大成功を収め、四〇〇回以上のロングランとなる。「成功の価値は、経済的な煩いから僕を解放してくれたことだ。貧乏はいやだった」と『作家の手帳』にある。劇『ジャック・ストロー』執筆。
一九〇八年（三四歳）
三月『ジャック・ストロー』、四月『ドット夫人』、六月『探険家』が上演され、『フレデリック夫人』と合わせて、同時に四つの劇がロンドンの大劇場の脚光を浴びる。社交界の人気者となり、同い年のウィンストン・チャーチルとも友人となる。求めていた富も名声も得たが、商業的な成功のため高踏的な批評家からは通俗作家と見られることになる。長編『探険家』、長編『魔術師』出版。
一九〇九年（三五歳）
四月、イタリア訪問。劇『ペネロペ』、劇『スミス』上演。

一九一〇年（三六歳）
二月、劇『十人目の男』、劇『地主』上演。
一〇月、『フレデリック夫人』などいくつもの劇が上演されていたアメリカを初めて訪問し、名士として歓迎される。
一九一一年（三七歳）
二月、『パンと魚』上演。
一九一二年（三八歳）
劇場の支配人がしきりに契約したがるのを断り、長編『人間の絆』を書き始める。過去の思い出に悩まされ、これを清算しないと一歩も前進できないと感じてのことだ。
一九一三年（三九歳）
冬にスーに求婚して断られる。その前後に離婚訴訟中のロンドン社交界の花形シリー・ウエルカムと知り合う。クリスマスにニューヨークで劇『約束の土地』上演。
一九一四年（四〇歳）
二月、『約束の土地』がロンドンでも上演。スーに拒否された反動でシリーと深い関係になる。『人間の絆』脱稿。七月、第一次世界大戦が勃発し、一〇月に野戦病院隊に志願してフランス戦線に送られる。ここで長年にわたって秘書兼パートナーとなるアメリカ青年ジェラルド・ハックストンと知り合う。野戦病院隊から情報部勤務に転じ、ジュネーヴを本拠に諜報活動に従事する。
一九一五年（四一歳）
『人間の絆』出版。作者自身の精神形成の跡を克明にたどった作品で、二〇世紀のイギリス小説の傑作の一つ。大戦中に刊行されたのであまり評判を呼ばなかったが、アメリカでドライサーが激賞した。シリーとの間に子が誕生し、処女作のヒロインにちなんでライザと名付けた。諜報活動を続ける一方、劇『手の届かぬもの』、劇『おえら方』執筆。
一九一六年（四二歳）
二月、『手の届かぬもの』上演。スイスでの諜報活動で健康を害し、静養も兼ねてアメリカに赴き、ハックストンと合流して、南海の島々を旅する。タヒチ島では『月と六ペンス』の材料を集める。シャイなモームのために交際上手のハックストンが取材を助ける。

一九一七年（四三歳）

三月、ニューヨークで『おえら方』上演。アメリカ人を風刺したため観客の怒りを買ったが、評判となり、興行的には大成功。五月、シリーと結婚。結果的にみると同性愛を世間から隠すためであった。秘密の使命を帯びて革命下のロシアに潜入。愛読するトルストイ、ドストエフスキー、チェーホフの国に滞在する魅力に引かれて、病軀を押して出かける。肺結核が悪化し、一一月から数ヵ月、スコットランドのサナトリウムに入院。

一九一八年（四四歳）

入院中に劇『家庭と美人』執筆開始。退院後、南英サリー州の邸でシリーとライザと暮らし、この間に『月と六ペンス』を書き進める。一一月に再入院し、ここで終戦を知る。

一九一九年（四五歳）

春に退院。二回目の東方旅行に出る。アメリカのシカゴと中西部を訪ねてから、カリフォルニアに行き、そこからハワイ、サモア、マレー半島、中国、ジャワなどを旅する。ゴーギャンが最後に住んだマルケサス諸島のラ・ドミニカ島で取材し、帰国後『月と六ペンス』を完成し出版。ゴーギャンを思わせるデーモンに取り憑かれた天才画家の話を一人称で物語ったもので、ベストセラーになり、各国語に翻訳される。これが切っ掛けとなり、『人間の絆』も広く読まれ出す。三月、『シーザーの妻』、八月、『家庭と美人』上演。後者はアメリカ上演では『夫が多すぎて』という題名になった。

一九二〇年（四六歳）

八月、『未知のもの』上演。中国に旅行。

一九二一年（四七歳）
短編集『木の葉のそよぎ』出版。「雨」、「赤毛」など六編を収録。一九一六年の南海旅行の産物。三月、『ひとめぐり』上演。上演回数一八〇回を超える大成功。この年から一〇年間、極東、アメリカ、近東、ヨーロッパ諸国、北アフリカなどを次々に旅行する。

一九二二年（四八歳）
旅行記『中国の屏風』出版。『スエズの東』上演。いずれも中国旅行の産物。翌年にかけてボルネオ、マレー半島を訪ね、ボルネオの川で高潮に襲われ、ハックストンに助けられて、九死に一生を得る。

一九二三年（四九歳）
ロンドンで『おえら方』上演。五〇〇回を超えるロングランとなる。『ひとめぐり』と共に二〇世紀における風俗喜劇の代表作。

一九二五年（五一歳）
長編『五彩のヴェール』出版。姦通物語だが、ヒロインの成長も見られる。

一九二六年（五二歳）
短編集『キャジュアリーナの木』出版。「奥地駐屯所」、「手紙」など六編を収録。一一月、劇『貞淑な妻』上演。南仏リヴィエラのフェラ岬（Cap Ferrat）に豪邸を購入し、「モレスク邸」と称する。以後、戦争中を除き、最期まで住まいとして暮らし、ウィンザー公夫妻、チャーチル、ジャン・コクトー、H・G・ウェルズなど多くの名士を招待した。

一九二七年（五三歳）
二月、『手紙』上演。シリーとの離婚の手続き開始。正式に認められるのは二年後。室内装飾で著名だった彼女は、その後も仕事を続け、一九五五年に亡くなった。

一九二八年（五四歳）
短編集『アシェンデン』出版。諜報活動の経験をもとにした一六編を収録。一一月、『聖火』ニューヨークで上演。好評ではなかった。

一九二九年（五五歳）

二月、『聖火』ロンドンで上演。人気女優グラディス・クーパーの名演技もあって大成功。

一九三〇年（五六歳）

旅行記『一等室の紳士』出版。ボルネオ、マレー半島旅行記。長編『お菓子とビール』出版。一種の文壇小説で、現在の話に過去の挿話を挟む語り口が巧みで、円熟期の傑作。作中の小説家がハーディを歪めた姿だとして非難される。モーム自身は自作中で一番すきだと言う。九月、『働き手』上演。

一九三一年（五七歳）

短編集『一人称単数』出版。「変わり種」、「ジェーン」など六編を収録。

一九三二年（五八歳）

長編『片隅の人生』出版。海を背景にした小説で、人生の無常さを意識する医師の視点から描かれている。一一月、『報いられたもの』上演。

一九三三年（五九歳）

短編集『阿慶（アー・キン）』出版。「怒りの器」、「書物袋」など六編を収録。九月、『シェピー』上演。この劇を最後に劇壇と決別。四半世紀にわたって三〇点以上の劇を発表したことになる。スペインに絵画を見に行く。

一九三五年（六一歳）

旅行記『ドン・フェルナンド』出版。たんなる紀行文でなく、スペイン黄金時代の聖人、文人、画家、神秘思想家などの生涯と業績を縦横に論じたエッセイ。モームのスペイン愛の産物。山本修二編注『おえら方、ひとめぐり』が研究社版現代英文学叢書の一冊として出版。原書の翻刻・解説・注釈という形であるが、日本でのもっとも早いモーム紹介。

一九三六年（六二歳）

一人娘ライザの結婚式に出席のため、南仏からロンドンに出る。お祝いに娘夫妻に家を贈る。短編集『コスモポリタンズ』出版。「物知り博士」、「詩人」、「蟻とキリギリス」など非常に短い作品二九編を収録。

一九三七年（六三歳）

長編『劇場』出版。中年女優の愛欲を巧みな心理描写で描いたもの。一二月、インド旅行。『作家の手帳』の翌年の項にインドの聖人、ヨガ行者の記述が多くある。

一九三八年（六四歳）

自伝的随想『サミング・アップ』出版。六四歳で亡くなる人が多いといって、自分の生涯を締めくくる気持で、人生や文学について思う所を率直に語った興味深い随想。モーム理解に不可欠の書。

一九三九年（六五歳）

長編『クリスマスの休暇』出版。イギリスの良家の青年がパリでの休暇の経験で人生、人間の深さに目覚めるという話。編著『世界文学一〇〇選』出版。九月、第二次世界大戦勃発。英国情報省の依頼で戦時下のフランス視察に行く。

一九四〇年（六六歳）

評論『読書案内』出版。「人生の実相」、「ロータス・イーター」など一〇編を収録。六月、パリ陥落の報を聞き、付近の避難民と共にカンヌから石炭船で三週間かけてイギリスに到着。一〇月、英国情報省から宣伝と親善の使命を受け、飛行機でリスボン経由でニューヨークに向かう。結局、一九四六年までアメリカに滞在することになる。中野好夫訳で『雨 他二篇』（岩波文庫）が一月に、同氏訳で『月と六ペンス』（中央公論社）が八月に出版。日本での最初のモームの翻訳である。せっかく始まったモーム紹介は戦争で数年中断されるが、戦後に華々しく再開されることになる。

一九四一年（六七歳）
中編『山荘にて』出版。自伝『内緒の話』出版。第二次世界大戦前後の自分の動静を記す。

一九四二年（六八歳）
長編『夜明け前のひととき』出版。

一九四四年（七〇歳）
長編『かみそりの刃』出版。久し振りにベストセラーになる。戦争での体験を通じて人生の意義に疑問を抱いたアメリカ青年が、インドの神秘思想に救いを見出す話。端役の俗物の風刺的な人物像が光っている。一九三七年末から翌年にかけてのインド旅行での経験が生かされている。飲酒その他で性格が破綻していたハックストンが死亡し、モームは一時途方に暮れる。

一九四五年（七一歳）
アラン・サールが新しい秘書兼パートナーとなる。

一九四六年（七二歳）
長編『昔も今も』出版。マキャヴェリをモデルにした歴史小説。終戦になりフェラ岬に戻るが、モレスク邸は、戦時中ドイツ兵に占拠され英軍の攻撃にあい、後に英米軍が駐屯したため大修理を要した。

一九四七年（七三歳）
短編集『環境の動物』出版。「大佐の奥方」、「サナトリウム」など一五編を収録。

一九四八年（七四歳）
長編『カタリーナ』出版。一六世紀のスペインを舞台にする歴史小説。最後の小説である。評論『大小説家とその小説』出版。シナリオ『四重奏』出版。「凧」、「大佐の奥方」など四つの短編のオムニバス映画の台本。

一九四九年（七五歳）
『作家の手帳』出版。若い頃からの覚え書きを年代順に編集したもので、人生論、世界の各地で目撃した風物や人物の感想、創作のためのメモなど盛りだくさん。『サミング・アップ』のように纏まっているのではないが、モーム研究に必須の文献。

一九五〇年（七六歳）
『人間の絆』の縮刷版をポケットブックの一冊で出す。『ドン・フェルナンド』の改稿新版を出版。シナリオ『三重奏』出版。「サナトリウム」など三作品のオムニバス映画の台本。一二月、三笠書房より『サマセット・モーム選集』刊行開始。最初は中野好夫訳『人間の絆』上巻。この頃からの一〇年間は日本でのモーム・ブームの期間。

一九五一年（七七歳）
シナリオ『アンコール』出版。「冬の船旅」など三つの短編のオムニバス映画の台本。

一九五二年（七八歳）
評論集『人生と文学』出版。「探偵小説の衰退」、「スルバラン論」など六編のエッセイを収録。編著『キプリング散文選集』出版。オランダ旅行。オックスフォード大学から名誉学位を受ける。

一九五四年（八〇歳）
BBCで「八〇年の回顧」と題して思い出を語る。評論『世界の十大小説』出版。以前の『大小説家とその小説』の改訂版。誕生祝いに豪華版『お菓子とビール』が一〇〇〇部限定でハイネマン社から刊行。イタリア、スペインを旅行。ロンドンに飛んで、エリザベス女王と謁見し、名誉勲位を授かる。一〇月、『W・サマセット・モーム全集』全三一巻別巻二が新潮社より刊行開始。最初は中野好夫訳『人間の絆』上巻と龍口直太郎訳『劇場』だった。

一九五七年（八三歳）
楽しい思い出のあるハイデルベルクを再訪。

一九五八年（八四歳）
評論集『視点』出版。「短編小説」、「ある詩人の三つの小説」など五編のエッセイを収録。本書をもって、六〇年に及ぶ作家活動を終えると宣言。

一九五九年（八五歳）
極東方面へ旅行。一一月には来日し、約一ヵ月滞在。対談した中野好夫は、モームは内気で気配りの人だったと述べ、京都での接待役のキング英国文化振興会京都代表は、礼節と親切に感銘を受けたと記した。

一九六〇年（八六歳）
一月、日本モーム協会が発足したが、二年後に活動停止。

一九六一年（八七歳）
エリザベス女王より文学勲爵位を授かる。

一九六二年（八八歳）
『回想記』と題する思い出の記をアメリカの『ショー』という大衆相手の雑誌に連載し、亡くなった妻シリーの悪口などあけすけに述べたので、話題になった。解説付き画集『ただ楽しみのために』出版。

一九六四年（九〇歳）
序文を集めたエッセイ『序文選』出版。

一九六五年（九一歳）
年頭に一時危篤が伝えられ、その後一旦回復するも、一二月一六日未明、南仏ニースのアングロ・アメリカン病院で死亡。

二〇〇六年
六月、日本モーム協会が復活する。

（訳者編）

聖火（せいか）

モーム　行方昭夫（なめかたあきお）訳

二〇一七年二月九日第一刷発行

発行者――鈴木　哲

発行所――株式会社　講談社

東京都文京区音羽2・12・21　〒112-8001

電話　編集（03）5395・3513
販売（03）5395・5817
業務（03）5395・3615

デザイン――菊地信義

印刷――豊国印刷株式会社

製本――株式会社国宝社

本文データ制作――講談社デジタル製作

定価はカバーに表示してあります。

講談社
文芸文庫

ISBN978-4-06-290330-1

▶解=解説を示す。　2017年2月現在

ボアゴベ／長島良三 訳
鉄仮面(上)(下)

ボッカッチョ／河島英昭 訳
デカメロン(上)(下)　河島英昭 ── 解

マルロー／渡辺 淳 訳
王道　渡辺 淳 ── 解

ミラー、H／河野一郎 訳
南回帰線　河野一郎 ── 解

メルヴィル／千石英世 訳
白鯨　モービィ・ディック(上)(下)　千石英世 ── 解

モーム／行方昭夫 訳
聖火　行方昭夫 ── 解

モーリアック／遠藤周作 訳
テレーズ・デスケルウ　若林 真 ── 解

魯迅／駒田信二 訳
阿Q正伝|藤野先生　稲畑耕一郎 ─ 解

ロブ＝グリエ／平岡篤頼 訳
迷路のなかで　平岡篤頼 ── 解

講談社文芸文庫

三木 卓
K

解説＝永田和宏、年譜＝若杉美智子

詩への志を抱く者同士として出会い、結婚したK。幼い娘と繭のなかのように暮らし、詩作や学問に傾注していった彼女の孤高の魂を丁寧に描き出した正真の私小説。

978-4-06-290337-0
みE4

吉田健一
昔話

解説＝島内裕子、年譜＝藤本寿彦

ホメロスからワイルド、清少納言に鷗外まで。古今東西を渉猟し、深い教養と洞察力で世界を読み解く最晩年の文明批評。吉田文学の最高の入門書にして、到達点。

978-4-06-290338-7
よD21

モーム　行方昭夫 訳
聖火

解説＝行方昭夫、年譜＝行方昭夫

第一次大戦後の英国上流家庭で起きた青年の死の謎を巡り、推理小説仕立てで進む問題劇。二十世紀随一の物語作者が渾身の力を注ぎ、今も英国で上演される名戯曲。

978-4-06-290330-1
モB1